Don't say that I love you

Tome 1

Sophie Leseure

DON'T SAY THAT I LOVE YOU

Tome 1 :

AMOUR DÉFENDU

Sophie Leseure

 ROMANCE

www.soromance.com

Chapitre 1

Soni

Assise face à ma coiffeuse, je contemple le reflet de mon visage dans le miroir. De couleur dorée, orné de roses et d'épines, ce dernier m'a été offert par ma grand-mère à ma naissance. Mon bien le plus précieux. Quand je songe à son départ, au désespoir causé par sa perte, une boule m'enserre la poitrine et me fait l'effet d'un étau. Elle était pour moi une seconde mère, toujours avenante, présente, avec son sourire malicieux. Elle a toujours su panser mes petits bobos, avec son regard protecteur et ses baisers chaleureux. J'en caresse le contour et soupire, laissant mon esprit divaguer.

Je pense à papa trépignant d'impatience dans le salon à l'idée de nous présenter son petit protégé Drew. Je ressens pour cet inconnu une sorte de jalousie inexplicable, vu que je ne le connais pas, et de l'envie, l'envie d'être celui qu'il est, d'être un homme que je ne suis pas, que je ne serai jamais, surtout pour mon père.

En effet depuis quelques semaines, il nous serine avec son futur styliste, grand couturier qu'il prend le temps de former, avant de lui passer la main. La maison Parks appartient à notre famille depuis des générations. Fondée par mon aïeul, mon père y a placé tous ses espoirs, ses efforts et ses rêves. Nous ne savons pas grand-chose de lui, ni son passé, ni son parcours, et respectueux du vœu de mon arrière arrière-grand-père, Papa refuse de laisser la responsabilité à une femme.

Le souhait de son prédécesseur était clair. Seul un homme peut et doit se retrouver dirigeant de cette maison de haute couture.

Depuis la création de cette entreprise familiale, une clause bien spécifique stipule que seul un homme se doit de diriger cet héritage. Non pas que ce soit sexiste, mais cela est plus une tradition que du machisme.

Les femmes ont toujours eu le choix de travailler à leurs côtés, mais il est vrai qu'une société tenue et portée par une poigne de fer, telle une main d'homme, devait rassurer le créateur de ce projet. Ces dernières n'ont jamais été mises à l'écart de tout projet, au contraire : en coulisses, elles y participaient activement, à donner leurs avis, leurs goûts, leurs préférences.

N'ayant qu'une fille unique, il a dû trouver une personne de confiance, un homme, pour futur responsable, pour lequel je devrais travailler en tant que couturière. Dans ma famille, ça marche comme ça, les hommes sont stylistes, les femmes couturières, seule ma mère a tenu bon et a refusé dès leur mariage de faire partie de la maison, d'exercer un métier qu'elle n'a pas choisi elle-même. Mon père ne lui en a jamais voulu d'être honnête et a toujours respecté sa décision.

Quant à moi, j'ai toujours rêvé d'exercer ce métier fait de strass et de paillettes, créer les plus belles pièces sur des mannequins sublimes pour les porter, les présenter et les mettre en valeur. Je fais de la couture depuis mon plus jeune âge, je ne pourrais m'en passer. Je réalise moi-même mes tenues, qui déjà au lycée rencontrent un véritable succès.

Je sais qu'il me faut attendre encore quelques mois pour intégrer l'équipe de papa, que je vais devoir dépendre de ce Drew pour pouvoir travailler avec lui sur le long terme, et j'avoue être aussi impatiente qu'une gamine de dix ans qui attend sa sucette à la fin du repas. Travailler dans l'entreprise de mon père a toujours été mon but ultime.

Reprenant mes esprits, je regarde ma montre, dix-neuf heures ! Merde ! Je vais être à la bourre, notre invité arrive dans une heure à peine, je m'empresse d'ouvrir mon armoire et scrute ma garde-robe.

Je choisis une robe noire satinée à fines bretelles, cintrée à la taille, arrivant au-dessus du genou. Je saisis des escarpins de même couleur, et file dans la salle de bain. Le jet d'eau sur ma peau me requinque peu à peu. J'avoue ne pas être très en forme ce soir, une boule au ventre m'habite depuis le déjeuner, sans en connaître la raison.

Je me shampouine les cheveux, une douce odeur de noix de coco embaume la pièce et me donne le sourire. Un séchage rapide du corps et je commence à me maquiller très légèrement.

Très rapidement j'enfile mes vêtements, me voici fin prête, j'agrémente ma tenue, en laissant ma chaîne en argent avec un ange en pendentif serti d'un rubis, que mes parents m'ont offerte pour mes seize ans, que depuis je n'ai jamais quittée. Pour finir une touche de « Amor Amor » et me voici plus scandaleuse que jamais ! Je souris à l'idée de frimer ainsi face à moi-même, de me trouver jolie.

Je crois que mes futurs dix-huit ans commencent à me monter à la tête. Croire qu'à la majorité tout va changer, que je serai enfin une adulte, est une pensée digne d'immaturité totale, je le sais, mais ça me fait rire.

En descendant les escaliers, j'entends mon père m'appeler du salon.

— Soni !

— Oui, oui, j'arrive ! dis-je en dévalant les escaliers.

— Bon tu te souviens bien de tout ce que je t'ai dit, toi aussi Janice ? nous demande papa, en nous regardant à tour de rôle.

— Mais oui Papa, ne stresse pas comme ça, voyons. On sait que Drew est important pour toi et la société, que l'on doit te faire honneur et surtout le mettre à l'aise, ne t'en fais pas comme ça !

Je récite bien mon *speech*, comme je devais l'apprendre, cela me fait de nouveau sourire.

— Je suis désolé, ma puce. J'ai tellement peur qu'il me lâche, tu comprends. Tout repose sur lui à présent.

— N'exagère pas, Clay ! C'est lui qui te doit beaucoup, c'est toi qui lui offres une place en or, pas l'inverse, lui lance ma mère.

— Vous avez raison, je vais me calmer, ça ira mieux quand il sera là, je suppose.

Maman et moi nous nous sourions d'un air complice. Malgré toutes ses responsabilités, papa a su garder ce côté enfantin qui fait tout son charme. Je dirais plutôt qu'il est entier et passionné, ce serait plus exact.

Je suis née en France, mais je sais que mes parents se sont rencontrés aux États-Unis, le pays natal de mon père. Selon maman, il était déjà à l'époque amoureux de son métier, et lorsque l'occasion d'ouvrir une branche française de la maison Parks s'est présentée, il a sauté sur l'occasion.

Maman m'avait raconté comment il l'avait demandée en mariage, alors qu'il venait d'apprendre sa mutation en France. Il lui avait fait, selon ses mots, la plus belle déclaration de toute sa vie, et elle n'avait pas pu refuser. Et de ce que je sais, ma mère n'a jamais regretté sa décision.

Je suis contente d'être née sur le sol français, mais je rêve d'un jour pouvoir visiter le pays de mon père, celui qui lui a laissé un accent en héritage, et qui est une partie intégrante de moi.

La sonnerie de la porte d'entrée retentit, mon père se lève d'un bond, suivi de ma mère et moi. Nous sommes presque au garde-à-vous, c'est risible à voir !

Voyant que personne ne semble pouvoir bouger un membre de son corps, je décide d'aller ouvrir la porte.

Je tiens toujours la poignée lorsque je le vois. Il se tient là face à moi, mon regard plonge dans le sien et s'y ancre malgré moi. Grand brun ténébreux aux cheveux rasés sur les côtés, un peu plus longs sur le dessus, des yeux noisette avec de grands cils, il est hypnotique. Le temps semble s'être arrêté, nous pourrions limite entendre une mouche voler. Je suis pétrifiée, je ne peux plus bouger, ni parler, ni respirer. Je suis comme un serpent pris sous le charme de son dresseur. Son costume gris anthracite avec sa cravate bleu marine, et ses chaussures bateau noires le rendent encore plus impressionnant et encore plus sexy.

Je ne pense plus, je le contemple, quand tout à coup je sens ma main glisser du tirant de porte tant elle est moite.

Merde, la honte ! Super la première rencontre !

Heureusement, je me rattrape au guéridon de l'entrée. Je me recentre et finis par lui lâcher un bonsoir :

— Salut ! Je suppose que tu es Soni ! me lance-t-il, accompagné d'un sublime sourire.

— Waouh quel sens de la déduction ! Bluffant ! Mon père avait raison de placer tous ses espoirs en vous ! dis-je d'un ton cynique, lui répondant du tac au tac.

Qu'est-ce qui me prend, pourquoi suis-je autant agressive ? OK je ne veux pas qu'il comprenne quel trouble il provoque en moi, mais est-ce une raison pour lui parler comme ça ?

— Je vois… un caractère bien trempé ! Puis-je entrer ? me demande-t-il.

— Si un peu plus d'amabilité vous est envisageable alors oui, sinon que vous restiez sur le pas de la porte ou non ne me dérangera pas !

— Et c'est toi qui me dis ça ? me demande-t-il en arquant un sourcil à ma pique.

— Ah, on se tutoie si vite ?

— OK, je vois, super l'ambiance, je pense que pour le bien de tout le monde il est préférable de s'ignorer, me dit-il souriant, visiblement amusé par ma répartie.

Il me regarde niaisement, comme pour me faire remarquer que je ne suis qu'une sale gamine, et je ne peux pas le nier, je me comporte comme tel depuis au moins trois minutes et c'est trop ! Quelle honte ! Qu'est-ce qui me prend ?

— Entrez Drew, je vous en prie ! dit mon père, tout sourire.

Je le vois heureux et fier de faire entrer cet inconnu dans nos vies, dans sa maison, au plus près de sa famille.

— Bonsoir Clay, lui répond ce dernier d'un ton chaleureux, m'ignorant totalement.

Je m'écarte pour le laisser entrer avec difficulté, et lorsqu'il passe près de moi, nous nous jaugeons de haut en bas comme par défi, à savoir qui baissera les yeux en premier. Mon père enchaîne sur les présentations, sans prêter attention à ce jeu de coqs entre nous, et nous coupe dans ce duel silencieux.

— Drew, je vous présente mon épouse Janice et ma fille chérie Soni.

— Madame, enchanté, dit-il à ma mère lui serrant la main, accompagné d'un grand sourire, à faire fondre un iceberg.

— Enchantée Drew, heureuse de vous rencontrer, lui répond ma mère avec un sourire tendre.

— Soni… me lance-t-il, calmement.

Il me tend la main, en évitant soigneusement de relancer le combat, et à son contact, je craque littéralement sous son charme. Je sens qu'une chose en moi irréversible, inéluctable vient de se produire, comme si mon monde s'était enfin mis à tourner. Je perçois une réciprocité incroyable, lorsque je sens qu'une pression dans ses doigts se fait sentir. Il ne me lâche pas, et je ressens la chaleur de sa paume dans tout mon corps.

Heureusement ma mère vient à mon secours sans le savoir, en l'invitant à s'avancer dans le salon pour l'apéritif. Il lâche alors ma main, et suit ma mère sans afficher un quelconque trouble, alors que je suis moi-même toute chamboulée.

Mes jambes me portent à peine, j'ai comme l'impression de léviter, alors que je gagne à mon tour le salon, tandis qu'ils sont tous les trois déjà installés.

Je m'assieds aussi vite que je le peux pour cacher ma gêne, croisant les jambes, je me cale au fond du fauteuil pour me faire la plus invisible, la plus petite possible.

Sur la table basse, ma mère dépose le plateau couvert de toasts préparés avec soin et goût pour cet hôte tant attendu.

Je ressens à nouveau cette pointe de jalousie envers cet homme, lorsque je perçois le regard aimant et respectueux de mon père posé sur lui. Je sens que mon père l'estime énormément. Maintenant que j'y réfléchis, il m'avait demandé le minimum, et je ne l'ai pas fait. Je m'en veux, et surtout je ne comprends pas pourquoi j'ai réagi de cette manière.

Sortant de mes pensées pour me concentrer sur la discussion, mes yeux comme aimantés se posent presque directement sur Drew. Il scrute le salon dans ses moindres détails, et finit par me fixer également.

Je ne dis pas un mot, j'écoute sagement sans baisser les yeux. J'arrive malgré mon trouble à emmagasiner chaque information, chaque parole, Drew bien sagement le dos collé au fauteuil. J'apprends au fil de leur discussion les secrets divers et variés du métier. Écouter deux professionnels parler ensemble de leur passion ne peut que donner envie. À les voir discuter de la sorte, je ne peux qu'être heureuse d'être moi aussi une passionnée et de pouvoir dans quelques mois rejoindre l'équipe.

Pourtant, moi qui me faisais une telle joie de rencontrer enfin celui qui dirigera Parks, soit mon futur patron, je dois dire que l'entrée en la matière entre lui et moi a plutôt été infructueuse, voire désastreuse...

Je décroche mon regard du sien, non pas pour le laisser gagner ce duel, mais plus pour éviter à cette irrémédiable alchimie de ressurgir. Je fixe alors la table basse où ma mère a tout disposé, et souris légèrement.

Comme à leur habitude, mes parents ont sorti le grand jeu, les petits plats dans les grands. Nous sommes aisés, c'est vrai, notre train de vie est somme toute plus que confortable.

Notre maison n'en jette pas plein les yeux, comme la plupart des bourges, non, c'est une demeure assez rustique, mobilier en chêne, poutres apparentes, un peu comme si nous étions en montagne dans un chalet. La seule différence est le prix de tout ça, qui bien sûr n'a pas été acheté dans des brocantes ou aux puces.

J'aime bien cette maison aux charmes si particuliers, on s'y sent bien et tout est fait pour que l'ambiance y soit chaleureuse. Je pense que c'est pour ça que mes parents l'ont choisie, elle reflète bien leur vision du cocon familial.

Ma mère, grâce à mon père, ou à cause, n'a jamais dû travailler de sa vie, je ne sais pas si cela l'a rendue heureuse ou le contraire, mais en tout cas, elle ne s'en est jamais plainte. Depuis leur mariage, ils ont toujours été heureux ensemble, avec beaucoup d'amour et de respect. Je les admire pour cela.

Mon père, Clay, est un homme d'affaires, un homme qui aime le travail, le sien. Passionné depuis toujours, il ne jure que par ses collections, même s'il demeure un père formidable et un mari très aimant.

Tout ce qu'il a en sa possession aujourd'hui il ne le doit qu'à lui, il n'a pas volé sa place. Certes, il a hérité de la maison Parks, il ne l'a pas créée, mais a su d'une main de fer faire vivre et évoluer la branche française dont il est responsable. Il mérite de trouver le bon associé à qui il pourra céder sa place en confiance. Et je pense, même en très peu de temps, et malgré nos débuts houleux, que Drew est la bonne personne.

Avec maman, on voit bien que ses joues se creusent au fil des jours, que cette vie d'artiste le fatigue, même si, pour lui, c'est comme une drogue. À peine rentré le soir, il s'assied sur son fauteuil, et s'endort aussitôt, très souvent sans même manger quoi que ce soit.

Par crainte de déléguer à la mauvaise personne, il ne s'accorde que très peu de congés, mais il n'a plus l'âge et l'énergie de suivre un rythme aussi soutenu. L'arrivée de

Drew le soulagera et l'apaisera sans aucun doute. Il suffit de les voir discuter ensemble pour le comprendre.

Ce soir, il paraît plus détendu que jamais, il semble même heureux. Voit-il en Drew le fils qu'il n'a jamais eu ? L'enfant qui lui manque tant depuis toujours ? À cette pensée mon cœur se serre, je ne veux pas ressentir de jalousie ou d'envie pour cette raison qui serait de ma part totalement égoïste. Je sais que papa a toujours tout fait pour moi, que je suis sa fille et que cela rien ne pourra l'altérer. Puis après tout, si Drew le rend heureux, alors je le suis aussi.

La soirée s'éternise et je n'ai toujours pas dit un mot, ma mère finit par le remarquer, s'approche de moi et m'en fait part.

— Soni, ma chérie, ça ne va pas ?

— Si, si Maman, ça va, ne t'en fais, je suis simplement fatiguée…

— Fatiguée à ton âge ? Drew me balance ça en riant, après avoir entendu la question de ma mère.

Mon cœur ne fait qu'un tour, et se tord dans tous les sens. Pourquoi une telle agressivité ? Une telle remarque ? Je ferme les poings sur ma cuisse, serre les dents pour ne pas rétorquer.

Je jette un coup d'œil à mes parents, mais aucun d'eux ne semble relever la remarque de Drew, que je juge pourtant déplacée.

C'en est trop, cette absence de réaction me sort pour de bon de mes gonds. Mais il se prend pour qui ce con à me parler comme ça ? OK mon père le prend peut-être sous son aile, peut-être qu'il le considère comme son fils, mais il ne faut pas abuser non plus, ce n'est pas mon frère !

Crétin ! Je me lève, et d'un coup de hanche rageur, je fais reculer le fauteuil dans lequel j'étais. Pour calmer mes nerfs et ne pas paraître impolie devant les trois paires d'yeux qui se braquent sur moi, je commence à débarrasser la table, aidant ma mère comme je le fais toujours. Je quitte ensuite la pièce pour aller dans ma chambre sans même dire un « bonne soirée ».

Je me jette sur mon lit, et relâchant toute la pression, j'éclate en sanglots. Je n'ai pas l'habitude de faire semblant, de me taire, j'ai toujours été libre de parler avec tout le monde. Mais face à lui, je n'arrive à rien, que m'arrive-t-il ? Pourquoi je perds le contrôle rien qu'en sentant son regard peser sur moi ? J'ai la sensation de n'être qu'une petite fille à ses yeux, celle qui ne sert à rien, celle de trop, et je ne supporte pas ça.

Qui plus est, la façon dont mon père le couve, l'ignorance dont il a fait preuve envers moi durant la soirée m'agace et me vexe bien plus que je ne veux bien l'admettre.

Je sais que je vais devoir faire avec, alors il va falloir que la vraie Soni se fasse connaître de lui, pour ne pas subir ses moqueries. Il ne me connaît pas encore, mais ça ne va pas tarder !

Je m'endors en pensant à cette soirée pitoyable, à mon père qui doit m'en vouloir, à ce fiasco total, et je m'en veux aussi d'avoir fait preuve d'autant d'immaturité. Mais vais-je arriver à passer au-dessus ? Vais-je réussir à montrer à Drew qui est la vraie Soni ?

Chapitre 2

Drew

Depuis plusieurs semaines, Clay m'initie au métier de styliste. Tout fraîchement diplômé de mon école, j'ai eu cette chance incroyable d'avoir été choisi par ce maître pour évoluer encore et encore dans mon art, jusqu'à ce qu'il me laisse la maison. Je ne suis pas pressé qu'il me lâche, au contraire, sa présence me rassure, et je pense avoir besoin de lui, encore très longtemps.

Je le considère comme un second père, malgré le fait que j'ai eu des parents en or. On ne peut qu'aimer Clay. C'est un homme droit et intègre, pour qui le stylisme est une manière de vivre et non un métier. Il est parfois dur, mais toujours juste dans ses décisions, et ne fait jamais rien sans avoir une bonne raison.

Cela fait pas mal de temps qu'il me parle de son épouse et de sa fille, qu'il tient absolument à ce que je les rencontre et « fasse partie intégrante de la famille ».

C'est alors avec une profonde angoisse que je quitte ce soir mon appartement, les clefs dans la serrure, fermant la porte à double tour.

Je sens que quelque chose ne va pas se dérouler comme il faudrait, et c'est avec cette appréhension que je fais tout le trajet. Je me dis depuis le début que pour sa fille cela ne doit pas être évident de partager son père, de laisser quelqu'un d'autre reprendre l'entreprise familiale.

Je me présente donc au perron, et toque deux coups pour signaler mon arrivée. Après quelques secondes, la poignée s'abaisse et c'est une jeune fille que je découvre quand la porte s'ouvre.

Le cœur battant, je n'arrive qu'à la fixer, la dévorer des yeux, saisi par sa beauté à couper le souffle. Tout est grâce en elle, je ne sais pas si c'est l'âge qui fait ça, mais elle est tout simplement sublime. Je la dévisage sans retenue, happé par ce visage si pur. Ses yeux verts ornés de noir dans un maquillage tout discret lui donnent un regard de biche, sa bouche en forme de cœur, rose et brillante comme la rosée du matin, me donne l'envie de la goûter. Quel homme je suis pour réagir de cette manière en l'espace de trois minutes ?

Je pense immédiatement à Clay qui a confiance en moi, et que s'il savait à quoi je songe en voyant sa fille, il me tuerait sur le champ.

Je tente de prendre une contenance, mais au lieu de ça, je fais le con en la taquinant, et elle démarre au quart de tour. Je regrette immédiatement de me l'être mise à dos, pourtant je ne peux m'empêcher d'esquisser un sourire à son sens de la répartie.

Ce petit bout de femme vient de me dérouter en trente secondes, alors peut-être est-ce mieux comme ça d'avoir jeté un froid entre nous dès le départ. Cette attraction soudaine et brutale échappe à mon contrôle.

Après avoir été invité à entrer, je dépose les armes et me concentre sur ses parents, notamment Clay avec qui je parle boulot. Janice reste en retrait, et semble simplement soulagée de voir à quel point son mari est heureux de partager sa passion avec moi. Je lui souris en retour, alors que dans de petites interventions avenantes, elle me propose des petits fours. La seule à ne pas avoir intégré la sphère chaleureuse de la soirée, c'est Soni.

Je ne peux me retenir et jette quelques coups d'œil en sa direction de temps en temps, c'est un besoin incontrôlable. Elle n'a pas dit un mot depuis que nous sommes installés, et je ne sais plus où me mettre non plus. Ses bras nus, ses mains jointes tenant son visage, comme toute jeune femme se tiendrait face à un vieux con comme moi. Je peux même deviner les grains de sa peau frissonner sous les courants d'air frais de la soirée.

Je la sens pensive, ailleurs, alors que son regard a à nouveau décroché du mien pour fixer les toasts disposés soigneusement sur la table basse. J'aime sa candeur et sa nonchalance. Ses cheveux longs ondulés retombent jusqu'au creux de ses reins, épousant ses formes avec légèreté. Elle est tout simplement magnifique, et a ce « je-ne-sais-quoi » bien à elle qui fait qu'on ne peut qu'être subjugué et attiré par son côté mystérieux.

Alors que tout se passe sans encombre, une incontrôlable envie de la provoquer me prend, et à mon tour, je l'agresse en lui balançant un pic en pleine face. Ce n'est pas méchant en soi, mais cela suffit à la faire réagir. Qu'est-ce qu'il me prend ? J'ai passé l'âge des enfantillages ! Je regrette aussitôt ma remarque, surtout lorsque je la vois se lever et partir. Pourtant, une partie de moi aime voir son impétuosité, sans que je comprenne pourquoi.

La fin de soirée s'annonce alors qu'il est déjà tard et je sens déjà le vide qu'elle va provoquer par son absence.

Je la regarde s'éloigner d'un pas souple et chaloupé, elle a un déhanché à faire craquer n'importe quel homme.

Je dois me ressaisir et fissa ! J'ai quasiment le double de son âge, je ne peux pas fantasmer, ni désirer cette toute jeune femme, qui répond au doux prénom de Soni, c'est impossible.

Rien qu'en pensant à Clay et à mon statut professionnel vis-à-vis de lui, rien que l'âge nous sépare, tout fait barrage à cette attirance que j'ai pour elle.

Après une poignée de main, je les quitte, et monte dans ma voiture. Une douce chaleur empourpre mes joues à la pensée de cette soirée plus que mouvementée. Le feu m'envahit, étrange paradoxe, un mélange de sentiments contradictoires me secoue le ventre et l'esprit. Je démarre et ouvre la vitre, pour que l'air frais qui s'engouffre dans l'habitacle me rafraîchisse le corps et les idées.

Je roule assez vite pour profiter du flot continu de la brise nocturne quand, jetant un coup d'œil dans mon rétroviseur, j'aperçois les gyrophares d'une voiture de police. La sirène retentit dans la ville, dans la nuit noire et silencieuse de ce jeudi.

Je soupire en actionnant mon clignotant et me gare sur le bas-côté. Je commence à saisir mes papiers, lorsque l'agent arrive à ma hauteur et se penche dans l'encadrement de ma vitre.

— Drew ? me demande l'agent, un peu surpris.

— Oh salut Seb, comment vas-tu ?

Je reconnais alors l'agent et le salue comme on salue un vieil ami, malgré la situation gênante et risible dans laquelle je me trouve.

— Bien et toi ?

— Apparemment mal barré, dis-je en rigolant, je roulais trop vite, c'est ça ?

— Un peu, mon pote, tu es pressé ?

— Non, non pas vraiment, mais c'est bien connu, les belles femmes nous font perdre la tête…

— Je vois, bon allez, ça passe, mais fais attention quand même, et va prendre une douche froide, ça te fera pas de mal, me dit-il clément.

Il tapote sur le toit de la voiture avant de faire demi-tour, et je redémarre en riant tout seul, accroché à mon volant.

Heureusement pour moi, je le connaissais, sinon ma journée aurait encore bien plus mal fini qu'elle n'avait commencé, et je n'ai vraiment pas besoin de ça en ce moment.

Arrivé chez moi, je me débarrasse de ma veste et de mes affaires, les jetant négligemment dans le canapé, mais j'ai besoin de plus pour m'aérer la tête, l'air frais n'a pas été suffisant.

Je me verse un verre de whisky et me plante devant ma baie vitrée surplombant une partie de la ville de Bordeaux. Les lumières des immeubles encore pleins de vie, les lampadaires qui éclairent les marcheurs nocturnes, et plus loin, les maisons en périphérie que l'on distingue vaguement.

Tout en faisant tourner le liquide ambré dans son récipient, je laisse mon regard se perdre dans ce paysage qui m'est si familier. Né ici, je pense y mourir aussi. Je n'ai de ma vie encore, vu et connu de plus belle ville que celle-ci.

Je pense alors à elle, son image s'impose d'elle-même dans mon esprit, elle qui vit à quelques minutes de moi, dans un environnement différent du mien. J'habite dans un duplex moderne, où tout est « bling bling », quant à elle c'est plutôt le genre « campagne, rustique ». Une chose de plus qui semble nous opposer, sur une liste déjà bien trop longue à mon goût.

Je dénoue ma cravate que je jette sur le divan avec le reste, détache mon veston, ma chemise, et le reste de ce que je porte encore, puis me glisse sous la douche.

Je règle l'eau sur froid, et le contraste avec mon corps bouillant est saisissant. J'en frissonne un instant et me penche tête en avant, la main appuyée sur le carrelage en face de moi.

Seb a raison je dois me reprendre. Je ne peux pas laisser une adolescente pas encore majeure avoir cet effet sur moi. Je dois penser avec mon cerveau avant de laisser parler mes hormones. Je ne suis plus un ado dirigé uniquement par ce qu'il a entre les jambes, je dois faire preuve de *self-control*.

Pourtant, une fois séché et rhabillé, je fonce sur mon Mac pour voir si elle a un profil Facebook. Bingo ! Je tombe rapidement sur son profil et fais défiler les photos. Elle est là face à moi, en photo, magnifique, presque tout autant qu'en réalité. Piqué par la curiosité, je commence à lire ses statuts, ses échanges et apprends à la connaître à travers cet écran virtuel. PATHÉTIQUE !

Pris de colère contre moi-même, j'éteins tout, et me glisse sous la couette, rageur. J'agis comme un pervers, un pédophile. Je ne dois plus penser à elle de cette manière, je suis un monstre ou quoi ?

Une bonne nuit de sommeil ne me fera que du bien…

Au réveil, je ne me sens pas comme à mon habitude, quelque chose ne tourne pas rond, mais quoi, je ne sais pas. J'ai eu une nuit plutôt agitée. Je me souviens avoir tourné un moment dans mon lit avant de rejoindre enfin les bras de Morphée.

Je me verse un café, allume la radio dans un geste matinal pour me tenir au courant des informations, et soudain, la soirée d'hier me revient en mémoire. Soni !

Je regarde ma montre, et une boule me noue l'estomac. Je vais devoir retrouver Clay d'ici une heure, je vais devoir faire face à mon trouble d'hier, et faire comme si de rien n'était.

Rien que de penser à elle, mes sens sont de nouveau en alerte, au souvenir de son visage si délicat, son parfum dont les légers effluves sont parvenus jusqu'à mes narines, ses gestes gracieux, mais aussi son air farouche et rebelle.

Je soupire, la partie n'est pas gagnée d'avance, et j'ai intérêt à être prudent si je ne veux pas que Clay me soupçonne d'avoir des pensées immorales sur sa fille.

Je secoue la tête et entreprends de me préparer. M'occuper m'évitera de faire une fixette sur tout ça, et revêtir le masque professionnel me rassure, il me permet de mettre un peu de distance avec tout ça.

Chapitre 3

Soni

Ce matin, je me lève heureuse et prête à affronter une nouvelle journée. Il ne reste rien de la fille faible et désorientée de la veille.

Je m'étire de tout mon long, toujours en pyjama et descends à la cuisine, affamée !

Tiens Papa est encore là ! Lisant son journal face à son café fumant, il ne m'a pas remarquée. Je regarde l'heure sur la pendule suspendue au mur et m'étonne. Il est déjà huit heures, il devrait être parti depuis un moment pourtant.

Je n'ose rien lui demander après le désastre d'hier soir, alors je dépose simplement un baiser sur son front, prends un bol et le paquet de céréales, me verse du lait et commence à manger en silence.

Ma mère arrive souriante, maquillée, habillée, toujours pimpante. Première levée, dernière couchée ! Elle va à son tour embrasser mon père, qui se décide enfin à lever le nez de sa lecture matinale pour me regarder.

— Soni, tu me suis aujourd'hui, m'annonce-t-il.

— Quoi, où ?

— Avec moi au travail, me répond-il très calmement.

— Mais Papa c'est les vacances !

— Justement, je veux que tu viennes, que tu voies un peu le travail de Drew, et comme hier ne s'est pas passé comme je l'espérais, j'aimerais qu'aujourd'hui pour commencer, tu présentes tes excuses et qu'ensuite tu participes à la réunion.

— Quelle réunion ?

— Tu verras. Dépêche-toi, je t'attends dans la voiture.

Mon père se lève et sort sans un mot de plus, et même s'il ne semblait pas particulièrement fâché, son attitude vient de jeter un froid.

Ma mère passe derrière moi et me caresse tendrement le bras, avec un regard entendu disant de ne pas le faire attendre.

Je quitte donc la cuisine d'un pas nonchalant. Des excuses ? Et puis quoi encore ? Merde ce n'était pas si catastrophique quand même ! OK je n'ai pas été la petite fille modèle, mais je ne suis pas non plus une poupée, je dis ce que je veux, et surtout j'estime avoir le droit d'imposer ma place dans ma propre famille !

Je râle, je peste, mais je pense que je n'aurai pas le choix que de me soustraire à présenter mes plus plates excuses, sinon papa risque bien de me faire une scène ou pire me bouder, et quand il s'y met, y a pas pire.

Je me souviens d'une fois où, enfant, vers l'âge de dix ans, alors que j'avais renversé mon assiette par terre par inadvertance, mon père avait exigé que je m'excuse.

Mais c'était sans compter sur mon caractère déjà fort à l'époque, j'avais bien évidemment refusé, partant du principe du « je n'ai pas fait exprès ». Mon père ne m'a pas adressé la parole durant toute une semaine, et c'est très long, mine de rien ! Il n'y a pas pire que le silence.

J'ai fini par capituler et demander pardon, s'en est suivi une belle et longue leçon de morale que je n'oublierai jamais.

Comme le temps est plutôt frisquet ce matin, j'enfile un jean SALSA, un petit haut bleu en soie, avec par-dessus un blouson en jean.

Je cours jusqu'à la voiture mes converses à la main, que j'enfile une fois dans l'habitacle. Papa a déjà démarré sans même attendre que je me sois attachée. Je ressens à ses gestes et son silence sa colère envers moi, nul besoin de parler, je le connais comme si je l'avais fait.

Arrivés au bureau, il serre la main de chaque personne rencontrée en chemin. Je fais de même, je file droit ce matin, la gamine rebelle ne bronche pas d'un cil. Je ne sais pas si je respire normalement, c'est pour dire !

Il entre dans son bureau, et je m'y glisse en me faisant la plus petite possible, avant qu'il referme la porte.

Mon père sert trois cafés, un pour lui, un qu'il me tend, et le dernier qui reste posé là. Il n'a toujours pas dit mot, et je trouve cela pesant.

— C'est pour qui ? Lui demandé-je en désignant la troisième tasse fumante.

— Ton ami Drew…

Il ne me regarde même pas, j'ai l'impression d'être invisible. Ca me blesse, et me met hors de moi. Pourquoi prend-il autant sa défense ? Lui aussi n'a pas été tendre avec moi, je suis sa fille avant tout !

Je me contrôle pour ne pas laisser la colère prendre le dessus, mais l'idée de devoir m'excuser alors que je ne suis pas la seule à avoir mal agi me décontenance. Je suis furax, et le bureau pourtant spacieux de mon père me fait l'effet d'un étau se resserrant contre moi. J'ai peur de ne pas pouvoir obéir à son ordre, et pire, d'envenimer la situation.

Après des minutes qui me semblent interminables dans cette atmosphère étouffante, quelques coups contre la porte se font entendre. Celle-ci s'ouvre et laisse percevoir Drew.

Je baisse aussitôt les yeux, réalisant que celui qui s'avance près de nous sera mon futur patron et celui en qui mon père a placé toute sa confiance. Soudainement gênée de mon comportement de la veille, je réalise que Papa a raison et que je dois m'excuser.

— Drew, je…

— Attends Soni, je vais vous laisser régler ça entre vous, vous avez dix minutes, après réunion, nous annonce papa.

Il quitte le bureau avant que l'un de nous ne puisse répliquer, et me voici seule avec Drew, à respirer son air, sentir son odeur, et fuir maladroitement son regard.

Face à cette beauté innommable, je me sens encore plus troublée que la veille. Mes jambes tremblent de nouveau, je tortille mes doigts dans tous les sens, à me les faire craquer, peut-être même casser.

Je finis par prendre mon élan et me jette à l'eau.

— Je suis désolée pour hier… Je me suis comportée comme… une gamine… dis-je en gardant la tête basse.

Je n'ose pas le regarder dans les yeux, de peur de lui appartenir encore plus, de peur à nouveau de laisser mon agressivité ressortir pour me protéger de lui, de ce qu'il provoque en moi.

— Je suis désolé aussi, Soni, je me suis moi-même comporté comme un con… me répond-il calmement.

En entendant mon prénom sortir de sa bouche, de son corps, je frémis, je faiblis, comme si je l'entendais pour la première fois.

Je redresse la tête et mes yeux plongent irrémédiablement dans les siens. En une fraction de seconde, nous nous ancrons l'un à l'autre, nos âmes scellées ne peuvent se détacher, une force incroyable, une magie si puissante passe de mon corps au sien, du sien au mien. Le temps semble s'être suspendu, nous ne bougeons plus, je sens seulement mon cœur battre à tout rompre. Je peux presque sentir l'écho de ce marteau piqueur qui en ce moment même, me martèle la poitrine.

Il me sourit alors et brise le charme en prenant la parole.

— Nous devrions éviter de nous regarder comme ça, tu ne penses pas ?

Alors là, je m'attendais à tout, sauf à ça ! Je ne sais plus quoi dire, mon cœur rate un battement et il me faut une demi-seconde pour réaliser ce que cela signifie. Il ressent la même chose que moi, du moins c'est ce que je comprends, je crains me tromper…

— Que veux-tu dire par là ? Je le questionne, hésitante.

— Rien, laisse, me dit-il en secouant la tête.

Il a l'air déçu de ma question, et cela confirme ma première pensée. Nous sommes sur la même longueur d'onde, nous pensons, ressentons la même chose. Et merde !

Les dix minutes se sont écoulées, car mon père revient dans le bureau. À vrai dire, il arrive à point nommé pour nous sauver de cette situation plus qu'électrique et ambiguë.

La réunion terminée, Papa nous invite Drew et moi à aller boire un café en dehors des locaux. Il n'en a apparemment pas fini avec nous.

C'est alors qu'il nous explique, en privé, qu'il souhaite que je travaille en binôme avec Drew, que j'apprenne mon métier de couturière avec Lana, une jeune femme d'une trentaine d'années. Je l'avais déjà vue dans les salles de couture. Grande, élancée, rousse aux cheveux coupés au carré, les yeux verts, sublime comme j'aurais aimé être.

À sa réaction de toute à l'heure, quand mon père m'a présentée, j'ai bien compris qu'elle aimait particulièrement bien Drew. Lana se pavanait sans discrétion quand celui-ci est passé à ses côtés. S'en est suivi ce regard assassin que seules les femmes jalouses ont, d'un air de dire « Toi, t'approches pas ». Ce dont je me contre fous, avouons-le, elle ne m'a absolument pas impressionnée !

J'apprends que je vais devoir suivre partout Drew dans ses déplacements, et apparemment Lana ne suivra pas. Elle ne sera présente que dans les locaux où je vais devoir réaliser les pièces que Drew aura dessinées.

Cela veut dire que je vais me retrouver seule avec lui à plusieurs reprises, et quand je le réalise, c'est le drame et je panique !

— Soni ? m'appelle mon père.

— Oui ? Quoi ?

— Que se passe-t-il ? Un problème ? me demande-t-il.

— Non, non pas du tout, je me disais juste que du coup, je vais… enfin…

— Être seule avec moi, oui, dit Drew tout sourire, très certainement fier de me voir décontenancée.

Il lit dans mes pensées ou quoi ? Il est inhumain ce mec !

Une fois de plus, je baisse les yeux, je n'ai pas vraiment le choix face à ces deux hommes. Le premier, mon père, que j'ai déçu récemment, et le second, envers qui je ressens des choses contradictoires. Merde comment vais-je faire pour cacher mes émotions face à eux, et surtout à lui, je ne vais pas pouvoir faire semblant cent ans.

Je suis jeune, je manque d'entraînement, je vais vite me faire griller.

— Tu commences dès demain à neuf heures précises, ne sois pas en retard.

Mon père interrompt le fil de ma pensée, mais c'est pour être tout aussi surprise par ce qu'il me dit.

— Neuf heures ? Je suis ta fille, mais tu aurais pu me prévenir quand même à l'avance, tu ne crois pas ? demandé-je à mon père.

— Et puis quoi encore, tu veux que je t'envoie un carton d'invitation ? me répond-il sournoisement.

Le reste de la journée se déroule à peu près sans heurt et je commence donc le lendemain comme prévu. Je suis complètement prise au dépourvu, tout se bouscule, cela va trop vite pour moi.

Je ne pensais déjà pas pouvoir être bouleversée à ce point par un homme, et de cet âge, et je me retrouve à devoir passer les trois quarts de mon temps avec.

Chapitre 4

Drew

Je suis heureux que Soni et moi ayons balayé cette tension de la soirée passée chez Clay. J'espère partir sur de nouvelles bases, mais lesquelles ? Je vois bien qu'elle est aussi troublée que moi, et cela ne me facilite pas la tâche. Je suis le plus âgé, je dois me maîtriser, je ne dois pas craquer. Comment vais-je faire, alors que Clay vient de nous piéger ensemble pendant quinze jours ?

Lorsqu'elle me regarde, je suis totalement troublé, perturbé, j'ai l'impression que mon monde tourne à l'envers. C'est comme si, rien qu'en plongeant dans ses yeux, je me noyais totalement en elle.

Je ne suis qu'un homme, merde ! Comment résister à un petit bout de femme comme elle, avec ce caractère si fort ? Malgré cette carapace de « Madame je suis une dure », une tendresse émane d'elle comme une force surnaturelle, une aura l'enveloppe entièrement. Et alors la magie opère, elle me désarme, je n'ai pas d'autres mots pour exprimer mon ressenti.

Je ne me reconnais plus pour être honnête, je ne dors plus depuis notre première rencontre, depuis qu'elle a posé ses yeux sur moi. Je ne suis plus le même, je ne fais que penser à elle. Elle m'obsède totalement. Et c'est là tout le problème. Je n'ai pas le droit de songer à elle comme ça, je le sais, mais ce que j'ignore pour l'instant c'est, comment m'en convaincre, et y parvenir.

Mes bonnes résolutions n'auront pas tenu bien longtemps, car il suffit que je la découvre ce matin pour que toute pensée cohérente s'envole loin d'ici et de moi.

Vêtue d'un haut noir échancré, une jupe de même couleur, assez courte, trop courte, je peux deviner ce qui se cache en dessous. Je secoue la tête, pour remettre mes idées en place.

Comment ne pas s'imaginer les courbes de son corps, ses formes, sa peau, ses grains de beauté, tout. Tout en elle est un appel à mes désirs les plus cachés, les plus forts, les plus improbables.

Je continue de la contempler alors qu'elle s'approche et me tend sa joue, pour me saluer. Au contact de sa peau contre la mienne, mes poils se hérissent, et le feu envahit mes joues. Quelle douceur ! Et ce parfum si enivrant se mêlant à celui de son corps éveille mes sens et finit de m'envoûter.

J'évite par tous les moyens de la regarder dans les yeux. Je cherche un moyen de détourner son attention de ma gêne ouvertement visible, et sans perdre une seconde, je l'invite à rejoindre Lana qui l'attend à l'atelier.

Le reste de la journée se passe sans que nous nous croisions encore, et l'heure de fermeture arrive. Je soupire, pensant que je vais devoir à nouveau plonger dans ce regard innocent et farouche à la fois.

Je passe la porte de l'atelier dans lequel Soni et Lana travaillent. Je n'accorde qu'un bref signe de tête à Lana, qui quitte la salle un peu brutalement, mais qu'importe, je n'ai d'yeux que pour celle qui me fixe en cet instant.

Soni reste immobile devant son mannequin, elle attend que je parle, que je bouge, mais je suis pétrifié par sa beauté. Elle a remonté ses cheveux en un chignon grossier, et quelques boucles s'en échappent, encadrant son visage d'ange.

Je me donne une gifle mentale pour reprendre mes esprits, me racle la gorge et souris le plus naturellement possible.

— Tu peux partir, tu as fait du bon boulot aujourd'hui.

— Merci, ce n'était pas très compliqué, mais je me suis appliquée pour que ce soit parfait.

— Je n'en doute pas, tout ne peut être que parfait avec toi…

Je prononce cette dernière phrase dans un souffle, mais elle semble l'avoir entendue, car ses joues s'habillent d'un rose délicieux. Et merde, je m'égare encore !

— Je te souhaite une bonne soirée Soni, à demain.

— Oui, à demain.

Elle replace une mèche derrière son oreille en passant près de moi, et j'ai l'irrépressible envie de dévorer sa nuque ainsi dégagée.

Elle passe finalement la porte, et la pièce me semble soudain vide et froide sans sa présence. Je reste ainsi quelques secondes, avant de partir moi aussi.

Incapable de rentrer tout de suite après cette journée, j'ai fait un crochet par le centre-ville. Je me suis arrêté au Ruby's, un bar dont je suis un habitué.

— Comme d'habitude, Drew ?

— T'as deviné, Logan.

Je salue le serveur en m'installant, et il me sert immédiatement un whisky avec deux glaçons. Il y a peu de monde ce soir. Nous sommes en semaine, c'est logique. Moi-même, je m'étonne de venir alors que j'ai boulot le lendemain.

Pourtant, j'avais besoin de déconnecter, parce qu'elle me rend littéralement dingue. Soni exerce sur moi un pouvoir dont je ne peux réchapper, et je m'agace d'être aussi faible en sa présence. Comme si toute volonté m'abandonnait pour n'écouter que mon désir d'elle, de la toucher, de l'embrasser.

Je redirige mon attention sur le bar, et ma boisson déjà entamée. Je viens le plus souvent en solitaire, mais il m'était arrivé plus d'une fois de venir avec Clay, pour décompresser d'une journée de boulot surchargée.

On se remémorait nos débuts ensemble, et il aimait à rire de mes erreurs de débutant. Il se moquait de ma façon de l'idéaliser, disant que le piédestal sur lequel je l'avais placé n'existait pas. Il était Clay Parks, un être humain comme un autre, et son humilité était impressionnante.

Lui, descendant de la grande maison Parks, dirigeant sa propre branche en France, dont les collections étaient connues dans le monde entier, se présentait comme le plus commun des hommes.

Je me mets à rire en repensant à tout ça. S'il savait de quelle manière je voyais sa fille, non comme une sœur, mais comme une magnifique jeune fille, lui qui me considère comme un fils me renierait aussitôt.

Je ne pouvais pas trahir la confiance et les espoirs qu'il avait placés en moi. Je suis adulte, je me dois d'agir en tant que tel.

J'avale le reste de whisky d'une traite, pose un billet sur le comptoir et décide de rentrer tranquillement, avant que mon cerveau ne déraille à nouveau.

Chapitre 5

Soni

Ma seconde journée de travail commence et je me rends à l'atelier sans attendre. Je veux faire bonne impression et montrer à papa que je prends ça au sérieux.

— Bonjour Lana !

— Salut, Soni, c'est ça ? Me dit-elle d'un ton fourbe, un sourire aussi faux que ses seins sur le visage.

— Oui c'est ça, je lui réponds du tac au tac sans lui laisser le loisir de me sous-estimer.

— OK donc pour aujourd'hui je vais te laisser simplement faire des ourlets aux pantalons déjà réalisés, si tu veux bien. Cela me permettra d'avancer ailleurs, et ainsi je pourrai d'ores et déjà juger de tes aptitudes, ça te convient ? Me demande-t-elle.

— Bien sûr, dis-je avec le sourire.

Elle n'a pas l'air si méchant, je suis rassurée, mais je me méfie quand même, elle me donne l'impression de jouer un double jeu et je n'aime pas ça.

Je me mets au travail illico et entame ma couture, un jeu d'enfant, je fais ça depuis mon plus jeune âge.

C'est maman qui m'a initiée à la couture, dès que j'ai pu. Elle savait que tôt ou tard cela me servirait au moins dans ma vie privée ou mieux encore, pour travailler avec papa.

La journée passe à une vitesse folle. Je ne vois pas défiler les heures, seul le temps, éloignée de lui me pèse. J'attends impatiemment qu'il passe la porte, mais en vain.

Il ne sera pas venu, il n'aura pas pensé à moi, ou du moins, il ne se sera même pas demandé comment je me débrouille, ou comment je vais. Exactement comme la veille, il n'aura pas pris la peine de venir.

À quoi m'attendais-je ? Ça y est, après des regards un peu soutenus, je me fais des films insensés. Je suis une grosse nase.

Une vague de tristesse envahit mon être. Je ne sais pas pourquoi, alors que je ne le connais presque pas, son absence me chagrine autant. Et puis, nos rapports sont tendus, alors d'où me vient ce désir de l'avoir près de moi ?

Et, comme s'il était connecté à moi, il choisit ce moment précis pour venir. Il s'avance et je remarque Lana mettre généreusement ses formes en avant tout en lui faisant grossièrement de l'œil.

— Alors ça se passe bien ? me demande-t-il.

— Oh, très bien, je lui ai fait faire les ourlets, le plus simple en somme, elle ne prend pas trop de risques, répond Lana, d'un air condescendant.

Je me sens ridiculement petite au milieu d'eux, alors que je ne suis pour le moment qu'une stagiaire, et à voir le regard langoureux de Lana, j'aimerais être une souris pour partir me cacher.

— Lana, je ne veux pas de ce comportement dans mon équipe, je te rappelle que toi aussi tu as débuté et que toi aussi tu as commencé par ça, et pour finir je ne te parlais pas à toi. Tu peux partir, on se voit demain.

Je suis soulagée que Drew ait compris son petit jeu et prenne ma défense. Il la congédie encore plus rapidement que la veille, et Lana part en furie, vexée. Elle ne devait pas s'attendre à cette réaction, elle prend son sac et quitte la pièce.

Drew s'approche et regarde mon travail, il me félicite et me demande de le suivre.

Après une courte marche silencieuse, nous nous retrouvons dans la pièce où sont stockés les tissus. Ils pendent à profusion, de mille couleurs, de textures toutes différentes les unes des autres, c'est la caverne d'Ali Baba, je suis émerveillée.

— Ça a l'air de te plaire, remarque-t-il.

— C'est magnifique, magique, je... Je suis sans voix...

— Je vois ça...

Je me retourne vers lui, lui fais face et sans réfléchir, ma bouche se met à parler sans que mon cerveau ne l'ait commandé.

— Pourquoi n'es-tu pas venu me voir plus tôt ?

— Quoi ? dit-il, étonné.

— T'as très bien compris...

— Je... OK, j'avoue, j'avais peur, je t'ai avertie hier... Soni, arrête de me regarder comme ça, sinon...

— Sinon quoi ? Comme ça ? Tu me regardes de la même manière, Drew...

Je m'approche de lui dangereusement, je le sais, mais je ne peux me contrôler. Mon cerveau a allumé les *warnings* et je vois clairement le panneau danger devant mes yeux.

Je ne veux pas résister à cette attraction. Aussi grand soit le risque, je vais le courir, et voir ce qu'il y a derrière cette limite qu'il ne veut pas franchir. Je fais taire l'alarme dans ma tête et réduis au maximum l'espace qui nous séparait.

Je suis si proche que je sens son souffle et son haleine mentholée caresser mes lèvres. Je le vois céder, quand sa posture crispée se relâche en même temps qu'il expire.

D'une main, il prend ma joue au creux de celle-ci et empoigne ma nuque pour y enfouir son visage. Sa respiration dans mon cou est saccadée, il me serre si fort contre lui, que je peux sentir son cœur battre à un rythme aussi effréné que le mien. Je l'enserre encore plus, je ne veux pas qu'il me lâche, je refuse qu'il s'éloigne.

Je ne peux relever mon visage vers lui, sans prendre le risque d'être attirée à lui comme un aimant. Seulement la tension est si puissante et palpable, nos corps en alerte, notre envie respective, que nous ne pouvons nous résister l'un à l'autre plus longtemps.

Je le fixe, de ses mains renfermant mon visage tel un trésor d'une valeur inestimable, il se penche, ses lèvres frôlent les miennes, puis nos bouchent se scellent enfin.

Nous entrons en fusion, nos langues se cherchent, se taquinent, finissent par se rencontrer et ne faire qu'une. Je peine à respirer, à calmer ce volcan qui bouillonne en moi, me rend vivante.

Je presse mon corps contre le sien, quand d'un coup, il me repousse et me tient éloigné de lui d'une main tremblante. Je perçois dans son regard un air de regret et de souffrance, de totale contradiction avec le désir qui émane encore de son corps.

Nous sommes tous deux essoufflés par ce baiser violent et passionnel, pourtant, la distance qu'il vient de mettre entre nous fait disparaître les derniers effets de cette étreinte brûlante.

Il paraît obstiné, résolu à ne plus me laisser entrer dans sa zone d'intimité. Je comprends alors qu'il me sera inutile d'essayer de le récupérer. Nous nous sommes déconnectés.

Sans dire un mot, je récupère mes affaires et quitte l'atelier, blessée. Je fais le chemin jusqu'à la maison dans un silence de mort, réprimant ce sentiment qui m'enserre le cœur.

Une fois rentrée, je monte directement dans ma chambre. Je m'effondre sur mon lit, et je laisse courir ma tristesse le long de mes joues. Pourquoi m'a-t-il rejetée ainsi ? Pourquoi m'avoir embrassée pour ensuite me repousser ?

Il est vrai que je n'y connais rien, en amour. De ma petite vie de lycéenne de dix-sept ans, ce baiser est pour moi une grande première. Jamais je n'ai ressenti ni l'envie ni le besoin d'embrasser un garçon, encore moins un homme qui a le double de mon âge. Seulement avec lui, c'est inéluctable, j'ai envie, et surtout besoin, de le voir et de le sentir.

Perdue dans toutes ces émotions que je ressens, j'appelle Margaux, ma meilleure amie, pour me confier à elle. J'espère de cet appel qu'il m'éclaire sur ce que je dois faire, parce que là je suis juste larguée.

— Margaux, c'est moi, dis-je en sanglotant.

— Soni ? Mais que t'arrive-t-il ? Pourquoi tu pleures ainsi ?

— Je... Oh Margaux, je crois que je suis amoureuse, mais ça me fait tellement peur, tellement mal.

Je l'entends rire, ce qui me blesse d'autant plus. Elle ne me prend pas au sérieux, ça fait mal.

— Amoureuse et quoi encore ? Où est le drame ? me demande Margaux, une pointe de moquerie dans la voix.

— Je... c'est Drew, tu sais le protégé de papa, et... ce n'est pas tout, il a trente-cinq ans quand même...

Après une pause, très certainement comprenant la gravité de la situation, elle reprend son sérieux pour me répondre.

— Ah oui… C'est vrai. Bon, écoute, tant qu'il ne se passe rien, ce n'est pas si grave, reprends-toi.

— Nous nous sommes embrassés, dis-je en éclatant à nouveau en sanglots au souvenir de comment ce baiser s'est terminé.

— Merde…

— C'est tout ce que tu me dis ? Merde ! Putain, Margaux j'ai besoin de toi, que tu me rassures, dis quelque chose.

— Oui, oui, gueule pas ! Que veux-tu que je te dise au juste ? Ton premier mec a trente-cinq ans ! C'est le seul qu'il ne fallait pas choisir, celui que ton père vénère, Soni ! Arrête tant qu'il est encore temps !

— Je ne contrôle rien, et ça n'ira pas plus loin, il m'a repoussée. Puis laisse tomber, tu comprends rien, je n'aurais pas dû t'appeler. Oublie mon appel et ce que je t'ai dit, et surtout, promets-moi de ne jamais le dire à quiconque.

— Ça va, t'emballe pas, je vais pas aller crier ça sur tous les toits. Tu as ma parole, je ne suis pas timbrée ! dit-elle, sûrement piquée par mon emportement.

Je ne réponds rien et sens à sa réaction qu'elle me juge, elle, ma meilleure amie à qui je suis venue demander conseil et soutien.

Sans rajouter quoi que ce soit, je raccroche, encore plus mal qu'avant. Les larmes sont encore présentes, mon cœur toujours aussi lourd…

Chapitre 6

Drew

Quel con, mais quel con ai-je été ? Je n'aurais pas dû jouer avec le feu. Je pourrai supporter la brûlure, mais elle peut-être pas. Je m'en veux tellement, je ne me supporte pas ce soir.

Le pire c'est que j'ai pris un putain de plaisir à la sentir contre moi, goûter le nectar de ses lèvres. Respirer son parfum était comme une drogue pour moi, et sa peau si douce semblable à une plume qui vous caresse.

Je ne sais pas comment je vais faire demain, lorsque je vais la revoir, je flippe à l'avance. Va-t-elle me parler, m'adresser un seul regard ? Ou bien ai-je franchi le pas de trop, sans retour en arrière possible ?

Mon bide se tord de douleur, de sentiments paradoxaux. Je n'ai qu'une envie, l'avoir près de moi, et ressentir encore ce frisson qui m'a parcouru l'échine lorsque nos bouches se sont rencontrées.

Mais voilà, nous n'avons pas le choix, nos destins sont déjà tracés. Nous ne serons jamais ensemble, nous ne pourrons jamais l'être. Je dois l'oublier, je dois en faire abstraction, oublier ces réactions qu'elle provoque en moi, je dois résister.

Cette nuit-là est horrible et interminable. Je ne ferme pas l'œil, impossible de m'endormir. Elle me hante même en son absence. J'appréhende tellement le lendemain que je compte les heures qui séparent nos retrouvailles.

Après avoir vu presque chaque minute de cette épouvantable nuit, je décide de me lever pour prendre une douche alors qu'il n'est que cinq heures.

Je suis finalement prêt à six heures, après avoir ingurgité une grosse dose de café. Machinalement, je monte dans ma voiture, et j'attends. Je ne sais pas quoi, mais j'attends.

Je mets le contact et prends la route sans vraiment réfléchir, encore dans le brouillard du fait de n'avoir pas dormi de la nuit.

C'est plus tard, par la sonnerie de mon téléphone, que je suis totalement reconnecté avec la réalité. Je réalise où je suis après plusieurs minutes à regarder autour de moi. Je jette un coup d'œil à ma montre : sept heures. Tant pis, je serai en avance, mais au moins, en travaillant, j'y penserai moins.

Clay est déjà là dans son bureau à faire sa compta. Je le salue en passant devant lui.

— Hey Drew, comment vas-tu ce matin ? m'interpelle-t-il.

— Ça va merci, et toi ?

— Bien, mais toi, qu'as-tu fait de ta nuit ? Me demande-t-il avec un sourire complice sur son visage.

Malgré la douche et le café, je dois très certainement avoir une mine épouvantable, si même Clay me le fait remarquer. J'esquisse un sourire pour le rassurer.

— Oh rien, insomnie…

— Ah, je vois, ça devait être la pleine lune. Soni non plus n'a pas bien dormi. Elle est déjà à l'atelier, j'ai laissé libre cours à ses talents, elle confectionne une robe pour sa meilleure amie qui fête ses dix-huit ans dans quinze jours.

— OK, je vais la laisser tranquille alors, lui dis-je, partagé entre soulagement et déception.

— Si, si vas-y, ça lui fera plaisir.

Je repars en grommelant un « je ne pense pas que ça lui fasse plaisir », mais Clay s'est déjà replongé dans ses dossiers et ne me prête plus attention.

Mes pas me dirigent malgré moi en direction de l'atelier. À croire que ma volonté est à zéro ce matin, et la fatigue ne joue pas en ma faveur.

La porte entrouverte, je jette un œil et l'aperçois. Elle est là penchée de peu, en avant, concentrée sur son patron. Elle porte une robe bleu marine à fines bretelles, échancrée devant, le dos nu. Ses jambes découvertes sont immenses à rendre la vue à un aveugle, ses cheveux bruns remontés coincés par un crayon en papier. Elle est somptueuse, divine, et je suis de nouveau conquis.

J'ai certes trente-cinq ans, mais de ma courte vie je n'ai jamais vu de femme aussi délicate, élancée, gracieuse et qui, ironie du sort, n'en a pas la moindre idée. Elle ignore totalement le pouvoir qu'elle a sur les hommes, en tout cas sur moi.

Je prends une grande inspiration et me lance à sa rencontre. Lorsqu'elle me remarque, elle se raidit, et je sens que la honte me gagne à nouveau.

Nous échangeons quelques mots de courtoisie, je m'intéresse à son travail, mais cela ne suffit pas à dissiper la gêne entre nous.

Je la sens blessée, meurtrie, je sais que c'est de ma faute et ça me torture encore plus le cerveau. Mais comment pourrions-nous être réunis avec cette différence d'âge ? C'est à moi de prendre mes distances, elle est bien trop jeune pour pouvoir se contrôler !

Ne pouvant plus soutenir son regard, ni notre malaise, je prétexte une chose à faire, et file à toute allure m'enfermer dans mon bureau. J'écoute le répondeur qui m'annonce que Lana ne sera pas là aujourd'hui. J'ai dû sacrément l'énerver hier car, que je sache, elle n'a jamais manqué un seul jour de travail. Je tire ma chaise et m'installe derrière mon ordinateur.

Les yeux rivés sur mon écran, je lis mes mails depuis quelques minutes déjà, quand subitement la porte s'ouvre. Je lève la tête, agacé et prêt à gueuler, car j'ai horreur qu'on rentre dans mon bureau comme dans un moulin à vent.

Mais voilà que c'est elle, Soni…

Elle me fixe de ses yeux de biche, et referme la porte derrière elle. J'entends la clef tourner d'un demi-tour dans la serrure. Je reste bouché bée. Que fait-elle ? Que me veut-elle ?

— Mon père m'envoie pour que tu prennes mes mensurations. C'est pour la nouvelle collection, taille 36.

Elle parle les lèvres pincées, d'un ton détaché, mais c'est ce qu'elle dit qui m'interpelle.

— Nous avons des couturières pour ça, es-tu sûre que Clay a demandé que ce soit moi ?

— Tu es le patron, non ? C'est avec toi que je dois bosser, s'agace-t-elle légèrement.

— Je pense que tu devrais demander à une couturière… Mais si Clay le demande, alors…

Elle baisse les yeux, sans doute gênée elle aussi de cette exigence venant de son père. Je me lève alors et contourne le bureau.

Je dois rester pro, je dois rester pro…

Je prends mon mètre et lui demande de se déshabiller, me retournant à demi pour lui faire comprendre que je ne regarde pas.

Mais si le patron lutte pour rester pro, l'homme que je suis ne résiste pas à la tentation et observe du coin de l'œil. Ses fines bretelles glissent sur ses épaules puis le long de sa taille, et la robe achève sa course par terre.

Elle se penche pour la ramasser, et je n'arrive plus à la quitter des yeux. Ma bouche s'assèche, mes yeux s'écarquillent devant la vue qui s'offre à moi. Mon dieu, Clay, mais pourquoi ? As-tu la moindre idée de ce que tu es en train de nous faire subir ?

Enfin, elle me fait de nouveau face. Je passe mon mètre derrière elle, et quand je joins les deux bouts, mes doigts frôlent sa peau. Je vois chaque parcelle de son corps réagir et ses muscles se tendre. Je peine à respirer, je me sens vertigineux rien qu'à la vue de ce corps parfait.

Je continue à prendre ses mesures, quand arrive le moment inévitable où je dois passer autour de sa taille. Je constate une fois de plus sa finesse et sa grâce, lorsque le ruban s'enroule autour d'elle.

Inconsciemment je l'attire à moi, presque contre moi, et elle relève ses yeux de biche pour les planter dans les miens. Nous restons ainsi de longues secondes, lisant dans le regard de l'autre toute l'envie refoulée qui nous anime à l'instant présent.

Je lui détache les cheveux d'une main, et lorsqu'ils descendent en cascade sur ses épaules, je la vois frissonner à nouveau. Elle reste immobile à me fixer, et je ne tiens plus, c'est plus fort que moi. Je m'empare de sa bouche, je l'embrasse avec force, mes lèvres s'écrasent sur les siennes et ma langue force le passage pour aller chercher la sienne. Je la sens me rendre ce baiser avec avidité, elle mord ma lèvre inférieure et la chaleur de mon corps augmente encore d'un cran.

Je ne suis qu'un homme, et il m'est impossible de résister plus longtemps. C'est maintenant, et avec elle que j'en ai envie.

Je l'attrape sous les fesses, la soulève. Ses bras s'enroulent autour de mon cou, et son corps vient se coller contre moi. Sa peau aussi brûlante que la mienne traverse le fin tissu de ma chemise.

Je balance tout ce qu'il y a sur le bureau pour la poser dessus. Elle rejette la tête en arrière, alors j'engouffre mon visage devant l'offrande de son cou ainsi dégagé. Je goûte sa peau que j'ai tant désirée, je la couvre de baisers, et tout en elle réagit. C'est magique, je n'ai jamais vécu cela de ma vie.

Tout en ôtant ma chemise d'un geste adroit, je descends lentement entre ses seins, puis baisse son soutien-gorge pour laisser paraître ses seins encore à peine éclos. J'embrasse délicatement ses tétons durcis, alors que ses doigts glissent dans mes cheveux.

Ma langue continue son exploration, parcourt son ventre, joue avec son nombril, et voir son corps se tendre et se contracter sous l'effet de mes gestes me rend fou d'elle.

J'ose un regard vers elle, et ce que je lis dans ses yeux m'incite à continuer mon chemin vers ce paradis que je veux découvrir. Mais quand ma main essaie de glisser dans sa culotte, elle me la prend et l'arrête, m'empêchant d'aller plus loin. Soni me regarde avec insistance. Sans un mot, je comprends alors qu'elle est encore vierge. Merde…

Je décide de reculer pour ne pas la forcer, et la frustration et la déception s'emparent de moi. Mais elle n'a pas dit son dernier mot a priori, sa main rattrape la mienne alors que je me baisse pour attraper ma chemise.

Elle m'attire de nouveau contre son corps, vient nicher sa tête dans mon cou et me souffle à l'oreille.

— Je suis prête…

— Es-tu sûre ? réponds-je, troublé de l'entendre dire cela.

Elle prend mon visage entre ses mains si douces, le regard rempli d'espoir et d'appréhension malgré son envie. J'hésite l'espace d'une infime seconde, mais son corps nu sous mes yeux finit de me convaincre.

Je tire ses fesses vers moi, nous enlève le reste de vêtements qui nous sépare et, après avoir enfilé un préservatif, je la pénètre en douceur. Je ne veux pas lui faire peur, ou mal, je veux que ce soit un moment inoubliable pour elle.

Je ne cesse de l'observer pour cerner ses réactions. Je l'embrasse, je la caresse, et bientôt ses mains deviennent baladeuses également. Sa respiration s'accélère, et je sens son souffle lorsqu'elle murmure mon prénom.

Je reprends confiance, je vois le plaisir que je lui procure, alors j'accentue la cadence et elle décolle de plus en plus. Nos soupirs d'excitation se mélangent. Oh, si elle savait l'effet qu'elle me fait, rien qu'à l'entendre gémir !

Elle est presque au sommet de son plaisir et je ne tarde pas à jouir aussi, tant c'est bon, et au vu de l'enjeu, je veux lui laisser le meilleur souvenir possible. Elle s'accroche à moi dans un dernier mouvement de bassin. Nos muscles se tendent et se relâchent enfin, profitant de ce moment d'extase totale.

Je la garde un moment contre moi, le temps pour nous de retrouver un battement de cœur un peu plus calme et régulier. Sa respiration s'apaise, et je laisse mes doigts glisser sur ses joues encore rouges. Je la contemple, alors qu'elle a les yeux mi-clos, le corps encore éveillé par ce désir et ces sensations qu'elle a ressenties pour la première fois.

Être choisi par une fille pour offrir sa virginité, est-ce qu'un homme peut rêver de mieux ? Je ne comprends pas pourquoi elle m'a offert à moi ce présent inestimable, et une pointe d'inquiétude naît en moi malgré l'instant magique que nous venons de vivre.

Je me défais doucement de ses bras, déposant un baiser chaste sur ses lèvres encore gonflées. Je ne prononce mot, elle non plus ne rompt pas le silence. Tout ce que je souhaite, c'est de l'avoir honorée.

Chapitre 7

Soni

Je quitte le bureau de Drew, toute chose, comme si un truc incroyable, sans nom venait de se produire. D'après mes copines, il y a plusieurs versions : il y a celles « pour qui rien ne change » et les autres « pour qui tout a changé ». Je ne sais pas où je me situe à vrai dire, je ne me sens pas différente de ce matin, je suis plutôt bouleversée d'avoir ressenti autant de choses, et notamment le désir d'un homme. Je ne pensais pas que l'envie de quelqu'un pouvait exister surtout si puissamment, lorsque l'on ignore totalement ce que cela produit.

Une chose, une sensation peut-elle nous manquer, ou, peut-on la désirer, sans même savoir ce que c'est ?

Bref, toujours est-il, que c'est bel et bien moi qui en ai eu envie. Pour l'instant, je ne regrette rien, et surtout pas de l'avoir choisi lui. Il a été d'une douceur et d'un respect auxquels je ne m'attendais pas. Je pense que si ça avait été avec un mec de mon âge, je n'aurais pas cette plénitude en moi.

Les joues rosies par la passion, le sourire illuminant mon visage, je repars travailler. Nous avons passé le reste de la journée à nous éviter Drew et moi, enfin surtout moi, car à sa vue, mon corps se rappelle ces sensations qu'il m'a fait éprouver, et je ne pouvais pas me permettre d'être déconcentrée.

Arrivée chez moi, je me douche à contrecœur. J'enroule mes bras autour de mon corps, comme si je pouvais alors sentir encore sa présence contre moi. J'aimerais garder son parfum sur ma peau, garder les traces de notre échange, qu'à jamais il soit ancré en moi.

Pourtant, avec regrets et une extrême lenteur, je me glisse sous l'eau qui fait disparaître les derniers résidus de son odeur. Je reste un moment les yeux fermés contre la paroi carrelée dont la froideur contraste avec la température de mon corps bouillant.

Pendant ces longues minutes qui s'écoulent, je revis cet instant qui, quelques heures plus tôt, m'a fait atteindre des sommets de plaisir qui m'étaient jusqu'alors inconnus. J'ai aimé vibrer sous ses mains, sentir le désir qui montait en moi.

Je frissonne. Mon corps refroidit. Depuis combien de temps l'eau est-elle devenue froide ? Je me dépêche de sortir et m'enroule dans une serviette pour me réchauffer et, alors que je m'arrête devant le miroir, je me perds une nouvelle fois dans mes pensées.

Drew ne quitte pas mon esprit, et je passe un doigt sur mes lèvres, là où les siennes étaient posées, puis je descends dans mon cou, là où il a fait pleuvoir un tas de baisers, avant d'aller rejoindre ma poitrine.

Je ne me rhabille pas, enfin si, mais j'enfile une vieille chemise et mon short de nuit. Je me rends compte que je suis bien plus fatiguée que je ne le pensais.

Lorsque je descends pour le dîner, je vois Drew assis sur le canapé près de mon père en train de trinquer. De nouveau je sens mon corps en alerte, j'essaie, tant bien que mal, de cacher mes trémoussements incontrôlés.

Papa a l'air heureux et satisfait de mes deux premiers jours, quant à Drew, plus le repas avance, plus il évite mes regards. À quoi joue-t-il ?

Je me suis peut-être donnée à lui trop rapidement, j'aurais sûrement dû attendre, mais cela m'était impossible sur le coup. Je ne regrette rien et refuse que cette première fois devienne un regret, ou pire un remord.

La soirée se termine dans la même atmosphère tendue entre Drew et moi, il se concentre sur les conversations avec Clay, et j'évite les regards insistants remplis de questions pour discuter avec maman. Je ne demande pas mon reste pour me réfugier dans ma chambre, quand enfin le repas se termine et que Drew s'en va.

Les jours passent sans un mot, dans la même ambiance, nous faisons tout pour ne pas nous croiser. J'ai mal, mais ne dis rien, ne laisse paraître aucune de mes émotions. Je ne veux pas qu'il comprenne que, pour moi, c'était bien plus qu'un coup de tête. Pour lui, peut-être n'étais-je qu'un défi à relever, une vierge à dépuceler, un jeu, un passe-temps, ou je ne sais quoi. Mais ce n'était pas juste ça, c'était beaucoup plus, tellement plus…

Je fatigue à penser à lui comme ça, à me faire des films. Je ne veux plus me triturer l'esprit avec tout ça, alors qu'il doit déjà être passé à autre chose. C'est décidé, je reprends ma vie « normale » d'avant.

Les vacances terminées, le stage avec la maison Parks s'achève également. Je quitte l'atelier le cœur léger et soulagée.

De retour au lycée, je retrouve mes amis et Margaux, qui me demande où j'en suis, mais je préfère éluder ses questions. Je ne dis rien sur cette parenthèse, j'en ai presque honte, pourtant je ne regrette rien, mais ça, personne ne doit jamais le savoir, jamais.

Dix-sept heures, la fin des cours, enfin ! Les potes proposent d'aller se faire un billard à la MJC du lycée. Je les suis, heureuse de pouvoir changer d'air, et me sentir libre. Je suis bien avec eux, à profiter de choses qu'on fait quand on a dix-sept ans !

Aurélien, un des garçons de la bande, me fait de l'œil, se propose de m'aider toutes les cinq minutes. Il est aux petits soins, comme si j'étais une petite fille de cinq ans. Je trouve ça mignon, mais il me fait tellement rire que mes larmes coulent malgré moi.

Je n'avais jamais remarqué ou disons pris en considération le véritable Aurélien. À le regarder, il est plutôt craquant, blond aux yeux marron, une fossette sur la joue droite, de taille moyenne, jean délavé et polo toujours noir. Son succès auprès des lycéennes m'a toujours fait halluciner, dans le sens où il n'a jamais prêté attention à aucune d'elles. Il cache sa timidité par l'humour et garde cet air détaché face à toutes ces nanas lui courent après.

C'est à un mec comme lui que j'aurais dû offrir ma virginité, et Margaux le sait autant que moi. Elle s'approche de moi et me murmure.

— Vas-y, me dit-elle taquine.

— Quoi ?

— Fonce, tu vois bien que tu lui plais…

— Arrête Margaux, il peut avoir toutes les filles qu'il veut, pourquoi me choisirait-il moi ?

— Parce que, toi, tu ne lui cours pas après, « suis-moi je te fuis, fuis-moi je te suis… ».

— Laisse tomber, j'ai eu ma dose ces derniers temps, je ne veux plus entendre parler de mecs et de leur bite.

— Quoi ?

Je vois Margaux totalement choquée d'entendre des propos tels que ceux-là sortir de ma bouche. Je regrette illico ce que je viens de dire. Merde comment vais-je m'en sortir là ? C'est comme si je m'étais collé une flèche sur le front indiquant « je viens de me faire dépuceler ». Elle ne va pas me lâcher, je le sais, et je vais subir un interrogatoire digne des séries américaines si j'essaie d'éluder la question.

— Soni, regarde-moi, qu'est-ce que tu as fait, bordel ?

— Rien, fous-moi la paix, dis-je en parlant fort cette fois-ci.

Je coupe court à la conversation, n'ayant pas du tout envie d'aller sur ce terrain. Je quitte le bar en courant sous les regards étonnés des autres, mais je m'en fous, tout ce que je veux, c'est partir d'ici.

Je continue ma course dans la rue Sainte-Catherine, blindée de monde à cette heure de pointe. Je tente de me frayer un passage à travers la foule, et mes larmes mes brouillent la vue. Le vent fouette mes joues et me brûle.

Je percute des gens en chemin, je ne prends pas la peine de m'excuser. Tout ce que je veux, c'est fuir loin. Je hurle de douleur. J'ai tellement mal, je suffoque, je veux que ça s'arrête. Mais je suis coincée avec mon chagrin, je ne peux en parler à personne, j'étouffe, je vais crever si rien ne sort.

Je me suis trompée sur lui, sur moi, j'étais certaine de moi au moment où… je ne me suis jamais autant plantée !

Je m'arrête un instant pour reprendre ma respiration, j'essuie mes joues ravagées par l'eau salée et prends le temps de réfléchir malgré mes pensées confuses. Je ne ressens plus rien, à part une grande colère que je dois à tout prix évacuer.

Je dois le voir et lui mettre la plus grande claque de sa vie ! Je veux qu'il paie ! Il a profité de ma naïveté, de ma vulnérabilité, il s'est foutu de moi ! C'est vrai, je suis jeune, mais je ne le laisserai pas gagner ! Je vais l'éclater !

Je reprends ma course jusqu'à chez lui.

Devant sa porte, je ne me démonte pas, je frappe de toutes mes forces, à me casser les mains. Je m'en fous, il va m'écouter, il le faut, et il a intérêt à ouvrir.

Il apparaît enfin à l'embrasure de sa porte et me regarde, ébahi. Je ne lui laisse pas le temps d'en placer une, et me plante devant lui, mes yeux jetant sûrement des éclairs.

— Surtout tu la fermes ! lui dis-je d'un ton assassin. Tu t'es bien foutu de ma gueule, hein ? Sous tes grands airs de « mec propre sur lui » ! Tu as profité de moi, tu aurais pu me repousser. Tu as trente-cinq ans, tu savais que tu allais me virer suite à ça, alors pourquoi ? Pourquoi ? Merde !

J'en ai la voix qui se brise, en même temps que mon cœur, en mille morceaux, et s'en va rejoindre les méandres de mon âme partie en lambeaux vers le ciel.

Il ne bronche pas, un battement de cils à peine perceptible vient frôler ses yeux, je vois alors que sa gorge est serrée, qu'il a du mal à déglutir. Il me fait quoi là ? Il essaie de me faire croire qu'il se retient de pleurer ? Je vais le frapper.

Je lève la main qu'il saisit en vol, et m'attire à lui tellement fort, que mon corps rebondit contre le sien. J'ai à peine le temps de sentir la raideur de ses muscles et le battement saccadé de son cœur, que de sa main, il approche son visage du mien. Il écrase ses lèvres sur les miennes avec force, la pression est telle entre nous que ma bouche en est endolorie.

Le temps de réaliser, je le repousse violemment, et ne s'y attendant pas, il chavire en arrière.

— Tu ne m'auras plus, Drew, plus aucun mec ne m'aura comme ça, c'est terminé !

— Soni, écoute-moi…

Furieuse, je ne lui laisse pas le temps de répliquer et je le quitte là, sur le pas de sa porte. Je tourne les talons et pars aussi vite que je suis arrivée. Je refuse de l'écouter me retourner la tête.

Je pourrais aujourd'hui facilement jouer la doublure de Forest Gump, je ne fais que courir, moi la grande sportive que je suis, c'est-à-dire tous les six du mois. J'arrive chez moi en trombes, traversant la cuisine et le salon aussi vite que Flash Gordon.

Je m'enferme dans ma chambre, récupère le pot de Nutella planqué sous mon lit et m'empiffre doucement, mais sûrement, histoire de me détendre. Quel dommage de ne pas avoir eu le temps de lui refaire le portrait !

Je rumine depuis quelques minutes, lorsque ma mère toque doucement à la porte. Je ne réponds pas, espérant la décourager et la faire renoncer, en vain. Elle essaie d'établir le contact à travers le bois qui nous sépare, mais je n'ai envie de parler à personne. Je veux juste être tranquille et qu'on me fiche la paix.

Je lance alors mon MP3, pose mon casque sur ma tête et m'enferme dans ma bulle. J'écoute du Shinedown, et quand leur morceau *Cut the cord* démarre, je me mets à sauter partout. Ma tête balance dans tous les sens, je me prends pour une star du rock, ça fait du bien ! Je me défoule, je transpire, toutes mes émotions se déchaînent en même temps que mon corps, je hurle en chantant, quel pied !

C'est seulement après une grosse demi-heure, épuisée, vidée, que je retombe sur mon lit. Plus aucune larme en stock, le sommeil m'enveloppe dans ses bras. Je sens la délivrance, alors je m'abandonne totalement, fermant les yeux, et je pars dans un sommeil profond.

Chapitre 8

Drew

J'ai bien failli me prendre ma première gifle de ma vie aujourd'hui... J'avoue que ne m'y attendais pas du tout. Quand Soni a débarqué complètement hors d'elle et qu'elle m'a fait face, je pensais à tout sauf à cela.

Je ne la comprends plus. Depuis ce fameux jour, elle a pris des distances d'ordre cosmique avec moi. J'ai beau retourner la question dans tous les sens, j'ignore où j'ai merdé avec elle.

Elle m'a choisi pour être le « premier », j'ai tout fait pour ne pas la brusquer, pour que ce soit un moment inoubliable. J'ai pensé qu'elle en avait un bon souvenir, même si je l'ai vue un peu gênée en ma présence. Je n'ai pas voulu m'imposer, c'était quand même sa première fois, j'aurais pu comprendre qu'elle soit un peu perdue.

Certes, j'aurais pu faire ça mieux, dans un lit après un bon repas au restaurant en tête-à-tête, mais voilà, l'envie était là, l'occasion devant nous, et nous avons simplement profité de l'instant présent. Après tout, nous n'aurions jamais cette vie « dite » normale. Je le sais depuis le début, je pensais qu'elle en avait conscience aussi, a priori non...

Son éloignement m'a fait mal, et j'ai poussé mon vice, ma jalousie d'aller jusqu'à la suivre à la sortie de son lycée. Je l'ai observée avec son groupe d'amis se diriger au bar.

J'ai vu une autre Soni, une fille de dix-sept ans avec des amis du même âge. J'ai bien compris que ce jeune blond l'aimait plus que bien, qu'elle ne cessait de rire en sa compagnie. Je l'ai vue pleine de vie, insouciante, profitant simplement des joies de l'adolescence.

Alors, même si mon intention première était de l'accueillir à la sortie des cours, je n'ai finalement pas bougé. Je me suis fait discret, me suis contenté de la regarder s'épanouir avec ses amis.

C'est à ce moment précis que ma décision de la laisser seule, tranquille, de rester en dehors de sa vie privée, a été prise. Elle n'a pas besoin d'un type comme moi dans son monde, hormis pour le boulot.

À peine arrivé chez moi, je l'ai entendue tambouriner à ma porte. Je voulais lui dire, j'ai essayé de parler, mais ma gorge s'était nouée et je n'ai pu que la regarder en silence. J'ai eu la brillante idée de l'embrasser pour lui transmettre mes sentiments, enfin pas si brillante que ça, vu la violence avec laquelle elle m'a rejeté.

Si elle savait, comme elle me torture, comme elle me hante, chaque seconde. Comment lui avouer alors mes sentiments, alors que tout nous sépare, à commencer par elle ? Comment lui avouer qu'elle est pour moi… La première ?

Eh oui, j'ai beau être plus âgé, je me suis toujours gardé pour LA femme de ma vie… Idéaliste, idiot, con, je ne sais pas et je m'en fous, les gens peuvent bien penser ce qu'ils veulent. Je ne regrette pas de m'être gardé pour elle, ce serait à refaire je le referais malgré qu'il n'y ait aucun avenir entre nous.

Déjà aux collège et lycée, tout le monde se foutait de moi, je n'ai eu que très peu de copines, et ça ne durait jamais longtemps. J'y mettais un terme dès que je sentais que ça irait trop loin. Je ne veux pas être de ces mecs qui ne pensent et agissent que par « *le pouvoir de la bite qui a besoin de se vider* ». Je crois en l'amour, le vrai, l'unique.

À mes dépens, je sais aujourd'hui je n'aurais pas dû avec elle. Soni le regrette et je m'en veux. Je suis l'adulte, j'aurais dû me contrôler et l'arrêter, mais j'ai été faible et on a fait quelque chose d'ineffaçable et inoubliable.

Je m'en veux de la faire souffrir, de souffrir moi-même et d'avoir fait ce mauvais coup à Clay. Peut-être ne le saura-t-il jamais, toujours est-il que, c'est moi qui ai défleuri sa fille…

Depuis plus de six semaines, je ne l'ai pas revue. J'ai lutté pour ne plus aller à la sortie du lycée, je me suis occupé et plongé dans le boulot pour éviter de penser à elle.

Je refuse toute invitation venant de Clay, pour ne pas être confronté à elle, je n'en suis pas capable. Je ne veux pas attiser encore plus sa haine, et voir de nouveau ce dégoût dans son si beau regard.

Je peux accepter qu'elle ne m'aime pas, qu'elle me rejette, mais je ne peux me résigner à sa haine envers moi, alors je préfère faire l'autruche et ne plus rien savoir ni voir de sa vie.

Clay m'assène de questions quotidiennement, dès que j'arrive au boulot le matin, jusqu'au soir à la fermeture. Toutes les occasions sont bonnes pour qu'il m'interroge. Il pense que j'ai rencontré quelqu'un d'où mon manque de disponibilité à venir dîner chez lui. Je fais planer le doute, je préfère le laisser faire des suppositions seul que devoir lui mentir. Je ne voudrais pas qu'il se vexe ou pire me rejette à son tour, d'avoir caché quelque chose d'aussi important.

Il m'apprend un jour, à la pause déjeuner, que Soni n'est pas au top de sa forme, et souhaite que je me rapproche d'elle pour lui parler. Comment refuser ? Comment lui dire que je ne peux pas faire ça ?

J'essaie par des moyens détournés de lui faire comprendre que je ne suis sûrement pas le mieux placé pour ça, qu'on ne se connaît pas suffisamment et qu'elle ne se confierait pas à quelqu'un de plus âgé. Je suis véritablement mal à l'aise, mais il insiste sans se préoccuper de mes arguments.

Je finis par céder et lui dire que j'allais essayer, mais sans grande conviction, et qu'elle ne m'écouterait sans doute pas, mais il s'en moque, lui reste convaincu qu'elle me parlera, à moi.

J'ai passé le reste de l'après-midi à cogiter, me demandant comment j'allais bien pouvoir faire pour lui parler alors que je suis très certainement la cause de son mal-être.

J'ai débauché plus tôt, histoire d'être là à la sortie du lycée. Je vois autour de moi des parents attendre également, et cela me rappelle la différence d'âge qu'il y a entre nous, que je pourrais presque passer pour son père.

Je soupire et la sonnerie retentit enfin. Je guette, plusieurs élèves sortent bien avant elle, j'aperçois même ce mec que j'avais vu en sa compagnie au bar. Le cœur battant, les mains moites, je l'interpelle, lorsqu'à son tour, elle franchit les grilles.

— Soni !

Elle se retourne, saisie par ma voix qu'elle a reconnue, je le sais à son regard flingueur qu'elle me jette. Elle traverse la rue et vient se poster face à moi.

— Monsieur Evans, que me vaut cet honneur ? me demande-t-elle, froide.

— Je viens à la demande de ton père... lui dis-je la voix tremblante.

— Ah je vois, alors exécutons les ordres du grand patriarche, suivons le protocole ordonné qu'on en parle plus.

Elle part à gauche, je la suis en fixant mes pieds. Elle ne va pas très loin, elle se contente de s'asseoir sur un banc, au bord de l'espace vert proche du lycée.

Je la rejoins, prenant soin de m'asseoir à l'autre bout de celui-ci. Je ne veux pas m'imposer, je veux me faire petit, déjà que je suis ici à contrecœur et très mal à l'aise, alors combattre mon désir pour elle, si la proximité s'invite, je suis un homme foutu.

— Alors je t'écoute, me lance-t-elle.

— Tout d'abord, sache que ton père m'a forcé à venir, sinon je ne serais pas là.

— OK... Pas de souci, je sais que tu as quelqu'un, je comprends que tu sois pressé, que tu n'as pas de temps à perdre avec moi, une minette de dix-sept ans.

Merde, je ne m'attendais pas à ça. Clay y croit vraiment alors, et lui a répété. En plus, vu le ton sec qu'elle a utilisé, elle n'a pas l'air de bien prendre la chose. Et moi, je suis au milieu, complètement largué par toute cette histoire.

— On n'est pas là pour parler de moi, dis-je.

Ma voix est un peu trop « rentre-dedans », je me calme et poursuis.

— Ton père s'inquiète pour toi, il dit que tu n'as pas la forme, que tu as l'air triste...

Elle rit à ces mots en levant les yeux au ciel. Elle se lève et commence à partir.

— Soni ! Reste là s'il te plaît ! Pourquoi ris-tu ainsi ?

— Et toi, tu te prends pour qui ? Tu te prends pour mon sauveur ? Je suis qui pour toi ? Personne ! Alors, fous-moi la paix, oublie-moi ! Tu es le protégé de mon père soit, reste-le je m'en tape, mais ça ne veut en aucun cas dire que toi et moi sommes obligés de bien nous entendre, donc salut !

Elle me balance ça d'une traite sans me laisser le temps d'en placer une. Elle jette son sac sur son épaule, et sans un regard, me plante là.

Comme je le pressentais, ce fut un échec cuisant. Je reste assis un moment pour souffler, et encaisser toute cette haine qu'elle me voue. Pourquoi m'aurait-elle écouté ? À quoi je m'attendais en venant lui parler ? Comme elle l'a si bien dit, je ne suis personne pour elle, et même si au fond de moi j'aurais aimé être quelqu'un, être plus que ce type détestable qu'elle croit que je suis.

J'espère juste que Clay ne sera pas déçu, je me demande bien ce que je vais pouvoir trouver comme excuse pour lui expliquer que je ne sais rien de plus, et que je n'ai pas pu l'aider.

Tous ces mensonges, ces cachotteries, ces histoires m'épuisent. Je ne veux pas dégrader mes relations avec Clay, mais je ne sais pas comment faire pour arranger les choses entre Soni et moi. Je suis dans une véritable impasse. C'est vrai que je me vois mal expliquer à Clay que sa fille a fait sa première fois avec moi, que je n'ai pas refusé ses avances, et que finalement elle regrette alors que je la désire toujours autant, voire plus.

J'ai honte de moi, à trente-cinq ans, d'être incapable de résister à une gamine capricieuse et colérique alors que c'est la fille de mon patron, celui qui a placé tous ses espoirs en moi pour me confier les rênes de sa société.

Chapitre 9

Soni

En arrivant à la maison je vois papa, triste comme jamais, le visage fermé, aucune expression perceptible ne se dessine sur son doux visage, qui en a tant vu, tant vécu.

Je comprends que, malgré moi, je l'ai déçu. Il espérait sans doute beaucoup de ma discussion avec Drew, et j'ai tout foiré. Ma colère a pris le dessus, et voir Drew n'a fait que raviver les souvenirs que je tente d'oublier.

On a échoué autant l'un que l'autre, seulement je suis sa fille, j'aurai dû, j'aurai pu faire mieux, mais comment lui avouer la vérité ?

Je m'assieds à ses côtés, glisse ma main sous son bras, pose ma tête sur lui dans un silence monacal. Il saisit mes doigts et commence à les caresser, toujours silencieux, le regard dans le vide.

Ma mère nous regarde avec tendresse, me fait un clin d'œil et quitte la pièce, nous laissant seuls tous les deux. Je sais qu'on va avoir une discussion, et moi qui n'ai jamais rien caché à mon père, j'appréhende pour la première fois de lui parler.

— Qu'est-ce que tu as ma puce ? me demande mon père, inquiet.

— Rien papa, arrête de te faire autant de souci, je suis encore une enfant, c'est tout, j'apprends la dureté de la vie comme tout un chacun. Ça devait arriver, et j'y suis…

Je vois une ombre passer dans ses yeux, et il soupire très légèrement. Je vois la fatigue sur son visage, et je m'en veux de lui causer du souci supplémentaire, alors qu'il a déjà tant à gérer.

— J'aimerais tellement t'aider…

Il se redresse, et caresse doucement ma tête, avant de continuer d'une voix plus assurée, celle que je reconnais bien, celle d'un père qui veut que sa fille aille bien, et qui ferait tout pour.

— J'ai une proposition à te faire, mais tu peux refuser si elle ne te convient pas, n'aie crainte. Voilà, j'ai déjà réservé une chambre dans un petit hôtel, dans le Lot, près de Rocamadour, pour trois jours, histoire que tu te reposes. Je sais que je t'en demande beaucoup entre le lycée, les stages et le reste, alors je voudrais me racheter. J'ai pensé que ça pourrait te faire du bien, un peu d'air frais, un dépaysement et de l'espace.

Il ne me faut que quelques secondes pour réfléchir à la proposition de mon père. J'accepte avec joie, et le serre dans mes bras. Je sais que c'est pour mon bien, et lui seul sait ce qu'il me faut quand ça ne va pas. Puis là, je ne peux lui reprocher d'être réactif. Ma discussion avec Drew n'ayant pas été concluante, il a aussitôt pris les choses en main.

Papa n'a jamais été du genre à trop parler, ça n'a jamais été son truc. Il s'est toujours occupé de moi, de très près même, mais sans trop de dialogue.

J'aime cette pudeur, et ce côté entier et dévoué de papa. Il prête attention aux détails, prend soin de sa famille, mais le fait à sa manière.

Ma mère, elle, est plus dans l'attention poussée, à tout vouloir savoir. J'ai droit à des questions aussi loufoques les unes que les autres au quotidien. Margaux, de mon âge, ma meilleure amie depuis nos années couche-culotte est, elle, plus discrète et respectueuse que maman sur ma vie privée. Pourtant, entre copines, il devrait il y avoir moins de tabous.

J'ai maintenant hâte d'être à vendredi, prendre mon train et *viva la vida* ! Prendre mes valises et partir loin de tout, loin de cette situation qui m'oppresse depuis trop longtemps.

Le lendemain Drew est là pour le dîner. Papa tenait à nous parler du défilé de la *Fashion Week* qui approche à grands pas. La pression est forte pour tout le monde. Les employés en alerte, les heures supplémentaires ne se comptent plus pour aucun d'eux.

— C'est pour ça que j'aimerais que tu reviennes à l'atelier pour donner un coup de main, Soni. Ça soulagerait le personnel, même si tu n'es que stagiaire, ce n'est pas ta première *Fashion Week* en coulisses.

Maman rit, et raconte une petite anecdote sur quand j'étais petite, et que j'embêtais toujours papa à traîner dans ses pattes alors qu'il était débordé par les préparatifs.

J'avoue avoir un peu honte, mais après tout, ce n'est un secret pour personne, la couture me passionne depuis mon plus jeune âge, et c'est vrai que dès que j'en avais l'occasion, je rejoignais mon père à l'atelier pour l'imiter.

— Si je peux vous être utile, j'accepte avec joie, papa !

— Tu n'es officiellement que stagiaire, mais tu es l'une de ceux qui connaissent le mieux les rouages des préparatifs de ce genre de défilé. Je sais que tu te débrouilleras.

Mon père ne fait jamais de compliments dans le vide, alors ce qu'il me dit me touche profondément, et j'espère ne pas le décevoir, être à la hauteur des espoirs qu'il a placés en moi.

Drew reprend la conversation en disant qu'il y a un gardien nuit et jour pour surveiller les pièces. Que les croquis sont enfermés tous les soirs dans le coffre-fort, que rien ne craint, tout est sous contrôle.

La soirée se déroule sans anicroche et j'en suis heureuse. Nous avons su nous parler sans colère ou amertume. J'ai dû prendre vraiment sur moi, je ne dis pas que cela a été simple pour moi, mais je l'ai fait, j'ai survécu.

Et puis, il ne fallait pas éveiller les soupçons, papa et maman n'auraient pas compris une telle agressivité. En plus, après le geste de papa, je me voyais mal le décevoir une nouvelle fois en m'attaquant à Drew.

Je leur souhaite une bonne fin de soirée, et m'éclipse. Je prends une douche pour me détendre, enfile un short et un t-shirt ample pour être à l'aise.

Maman me rejoint dans ma chambre pour me rapporter qu'ils sont dans le bureau pour boire un dernier whisky, et j'acquiesce silencieusement. Je la regarde tourner autour de mon lit sans un mot alors que je me sèche les cheveux devant ma coiffeuse.

— Assieds-toi, dis-je en montrant mon matelas. Qu'y a-t-il ?

— Ton père a raison pour le week-end, mais…

— Tu t'inquiètes trop. Maman je vais avoir dix-huit ans, tu sais, je finirai tôt ou tard par faire des choses seule, que je commence vendredi ou dans un an, tu auras toujours ce sentiment d'inquiétude. Il faut t'habituer, l'oiseau va quitter son nid si douillet pour prendre son envol, c'est la vie.

— Tu es si mature pour ton âge, me dit-elle, accompagnée de son sourire si angélique. Je ne sais pas ce que je ferais sans toi, ma vie sera si taciturne quand tu partiras. C'est égoïste, j'ai peur de me retrouver sans ma fille, mon bébé…

— Oh maman…

Je me lève et prends place à côté d'elle pour la prendre dans mes bras et la serre fort contre moi. Nous pleurons à chaudes larmes ensemble, nous ne sommes pas tristes, mais nous partageons l'un de ces moments qu'une mère et une fille ont parfois besoin d'échanger.

Nous nous perdons dans les bras l'une de l'autre, et après un moment sans un mot, ma mère dépose un baiser sur ma tête et quitte la chambre en me souhaitant bonne nuit. Je lui souris et me glisse sous ma couette, apaisée.

Vendredi arrive enfin, je suis excitée à l'idée de partir seule deux jours, mais je ne suis définitivement pas une lève-tôt. Me lever pour prendre le train à la gare de Bordeaux Saint-Jean à sept heures trente-sept du matin, c'est inhumain. Pff je n'ai pas fini ma nuit, moi !

Heureusement pour moi, le siège à côté de moi est libre, je serai tranquille sans craindre un voisin malodorant ou un gosse braillard à côté de moi. Je branche donc mon MP3 et m'installe confortablement pour écouter *Disturbed*, *The sound of silence*. Cette chanson, cette musique m'a toujours hérissé le poil, qu'elle soit chantée par Simon and Garfunkel ou en reprise.

Elle me berce, et je plonge dans l'ambiance de ce week-end détente. Alors que Morphée me prend tendrement sous son aile protectrice et bienfaisante, je sens que quelqu'un m'observe. J'ouvre les yeux.

— Drew…

Non, mais là j'hallucine, je dors déjà ! Je rêve ! Pincez-moi ! Je suis prête à me mettre au vert trois jours, à partir pour la première fois loin de mes parents, à me taper quatre heures et demie de route pour le voir, là, lui !

Trop c'est trop, et pour lui aussi apparemment. À ma tête déconfite et renfrognée, il reprend sa valise et commence à partir. Mais c'est sans compter sur le train qui siffle et démarre. Il manque de tomber, ce qui ne me fait même pas rire, tant je m'attendais à tout sauf à lui.

— Salut, heu… c'est mon numéro de siège.

De son doigt, il pointe celui à côté de moi. Comme une idiote, je suis son geste et regarde.

— Ben, assieds-toi je ne vais pas te mettre hors la loi pour un numéro de place, ce serait ballot, dis-je ironiquement.

Une fois monsieur installé, je lance la conversation.

— Tu vas où comme ça ?

— Ton père m'a réservé une chambre à la sortie de Rocamadour. Il paraît que c'est chouette, que ça me fera du bien, et je peux rien lui refuser à Clay. Enfin on ne dit pas non à ton père, tu sais…

— Ouais, je sais, dis-je encore plus dépitée.

— Tu vas où toi ? me demande-t-il.

— À ton avis ?

Il semble réfléchir un instant, puis tout comme je l'ai fait il y a quelques secondes, fait la liaison, et me regarde, gêné.

— Non !?

— Ben si. Papa…

On se sourit malgré nous, comprenant que mon cher papounet avait tout calculé. Je suis sidérée de n'avoir rien vu venir, le connaissant j'aurais dû me douter qu'il y avait anguille sous roche.

Nous nous regardons une dernière fois, signant mutuellement dans un silence un contrat de paix, que ces trois prochains jours se dérouleraient sans cris, ni bouderies. La rancune doit être mise de côté, si nous voulons passer un agréable moment.

Je m'appuie contre la fenêtre, laissant le paysage défiler sous mes yeux, et remets *play* sur mon MP3…

Chapitre 10

Drew

Elle est là, proche de moi... Merci, Clay, merci infiniment pour cette chance. J'essaie de penser à ces mots le plus fort possible, pour que, de là où il est, il m'entende.

Je vais tout faire pour apprendre à la connaître, pour honorer son père, pour avoir une relation saine. Il le faut, pour que ce triangle relationnel fonctionne, que ce soit pour le boulot ou même en dehors. Ce n'est peut-être pas celle que j'espérais, pas comme je l'aurais voulu, mais en tout cas, une meilleure que l'actuelle.

Une voix résonne dans le haut-parleur, annonçant que nous sommes arrivés, enfin ! Je commençais à avoir mal aux jambes. Ce n'est pas trop mon genre de rester assis des heures, à ne rien faire. J'ai toujours fait du sport, tennis, course à pied. Je ne sais pas rester en place, ça me saoule, c'est une perte de temps.

Soni se lève et s'étire. Je me pousse et la laisse passer avant moi, homme galant que je suis. Je lui demande dans quel hôtel elle va, en devinant sa réponse. Nous prenons donc logiquement et naturellement le même taxi, pour aller dans la même direction.

Ce n'est pas vraiment un hôtel, mais plutôt un gîte aux mille charmes. Une maison du Causse aux volets verts, aux pierres parées de glycine mauve, et douces senteurs estivales. Quelle paix, quelle harmonie, ce lieu est magique. Nous en restons cois tous les deux, nous sommes ébahis comme deux gosses face au château de la belle au bois dormant, à *Disneyland*. Des hectares de verdure à perte de vue, nous pouvons entendre le bêlement des brebis au loin grâce au vent portant cet air unique du sud.

Cette parenthèse loin de tout, cette pause dans mon travail va, je le sens déjà, me faire un bien fou.

Soni a l'air d'être heureuse aussi. J'en suis ravi, je ne lui souhaite que le meilleur, et surtout en cet instant, de pouvoir profiter de ce week-end qui s'annonce génial.

La propriétaire du gîte nous accueille à bras ouverts, nous proposant une citronnade dès les premières minutes.

Après avoir siroté nos boissons et nous être présentés, elle nous accompagne à nos chambres, ou plutôt NOTRE chambre.

Alors là c'est le comble. Tout d'abord, Soni sort de ses gonds comme à son habitude, et commence à râler que non, nous ne dormirons pas ensemble, mais l'hôtesse s'empresse de nous expliquer.

— Monsieur Parks a appelé pour réserver une chambre double avec lits séparés, et lorsque j'ai pris la réservation, j'étais persuadée qu'il m'en restait une. Malheureusement, elle était déjà louée, et je ne me suis rendu compte de mon erreur que ce matin.

Elle se confond en excuses, et je tente de la calmer pendant que Soni fulmine dans son coin. Elle nous explique qu'une lettre nous attend, posée sur le lit, et que nous y trouverons sans doute les explications supplémentaires.

Nous entrons à tâtons, nous sommes beaucoup moins rassurés qu'il y a quelques heures à la Gare de Bordeaux.

Soni pose sa valise, approche du lit et prend la lettre fébrilement. Elle s'assied sur le bord du matelas, je fais de même et l'écoute lire le mot.

Mes chers enfants,

Je suis désolé de m'y prendre un peu comme un goujat, mais vous ne me laissez plus le choix.

Comme vous le savez Drew est comme un fils pour moi, celui que j'aurai aimé avoir, c'est pour cela que toi, Soni ma princesse, je t'avais demandé de tout faire pour que la magie opère, que nous soyons comme une famille, tous réunis.

Je ne sais pas pourquoi vous ne pouvez pas vous entendre, il me semblait pourtant au départ que tout allait bien, je me suis trompé et ça me fait mal.

Je n'ai donc trouvé que cette solution, celle de vous mettre dans la même chambre et de vous obliger à passer du temps ensemble, afin que vous appreniez à vous connaître et vous apprécier.

En plus, avec l'approche de la Fashion Week, j'ai besoin que les personnes les plus proches de moi s'entendent bien et puissent travailler main dans la main.

Je sais que vous finirez par vous aimer tous les deux, je le sens, c'est inexplicable, inéluctable. Il n'y a pas d'autre solution possible.

Bon séjour, mes enfants, ne m'en voulez pas trop.

Papa, Clay.

— Je ne comprends plus rien. Pourquoi nous fait-il ce coup-là ? Dans quel but ? dit-elle songeuse, comme si elle se parlait à elle-même.

— Je l'ignore moi aussi, je… tu sais Soni… Je pense qu'il est temps, que tu dois m'écouter à présent. Je sais que tu refuses toute explication, que tu continues ta vie, mais j'ai besoin de t'en parler moi, puis c'est le but de ce voyage, je lui dis, sérieux et songeur.

— Parler de quoi ?

Elle joue à la fille qui n'a pas cerné le pourquoi du comment, mais elle n'est pas idiote, elle sait très bien de quoi je veux parler.

— Notre moment, dans mon bureau... Je ne te comprends pas en fait.

— Ah ! Tu ne me comprends pas ? me lance-t-elle, à nouveau furibonde.

— Deux minutes s'il te plaît, laisse-moi parler. Tu as pris tes distances, comme si rien ne s'était passé, je t'ai même suivie au bar avec tes amis, j'ai remarqué que tu étais proche de l'un d'eux... Alors, pourquoi m'avoir choisi moi pour ta première fois ? Je pensais que cela avait un sens pour toi.

Les émotions, les souvenirs de ce moment dans le bureau ressurgissent en même temps que je les évoque, et l'attirance que j'éprouve pour Soni me revient comme une claque dans la figure, alors que je luttais contre depuis des semaines.

— Je sais que tout nous sépare, nos âges, ton père, tout... Mais tu m'as fait rêver, espérer ce jour-là, je n'arrive pas à m'en remettre, à me relever, je voulais que tu le saches. Tu es en colère après moi, je ne le supporte plus. Que tu ne m'aimes pas j'accepte, mais que tu me haïsses, c'est au-dessus de mes forces...

Je vois les larmes naître aux creux de ses yeux, se gonfler, puis couler le long de ses joues pour s'écraser en son cou. Je m'aventure à lui sécher ces dernières, du revers de la main, dans un geste hésitant. Elle se laisse faire, son regard douloureux plongé dans le mien.

La voir ainsi me brise le cœur, me rend terriblement malheureux, je ne voulais pas la mettre dans cet état.

Un malaise s'installe entre nous, et Soni finit par reprendre ses esprits et me répond d'une voix faible.

— J'ignorais tout cela, Drew. Je pensais que tu avais profité de moi, de ma vulnérabilité, que tu me considérais comme un « passe-temps ». Je suis désolée, je n'ai rien compris, je me suis emportée, j'ai réagi en gamine. Mais tu comprends, je n'y connais rien moi, à l'amour. Tu es le premier… Puis papa pense que tu as quelqu'un dans ta vie, alors j'ai vu rouge, et j'ai pas réfléchi, je…

— Chut… lui dis-je en posant un doigt sur ses lèvres pour interrompre ce flot de paroles.

Elle souffre, je ne peux plus la regarder dans cet état.

Je glisse ma main sous ses cheveux, l'attire à moi, tandis que l'autre passe sur ses reins et la caresse. Je respire son parfum, son odeur, et cela me rappelle une fois de plus à quel point j'ai pu devenir accro à elle.

— Je n'ai personne d'autre que toi, tu m'obsèdes, m'enivres… Je ne peux plus te résister, Soni…

Je m'arrête là, n'osant pas lui dire qu'elle est également ma première relation, mon premier coup de foudre, je parais si maladroit face à elle.

C'est alors qu'elle me surprend une fois de plus : la voici sur moi à califourchon, me fixant droit dans les yeux. Elle m'observe quelques secondes et, avant que je réagisse, m'embrasse le front, les joues, le nez. Elle passe sur mes lèvres où s'éternisent ses baisers, poursuivant sa quête de découverte dans mon cou.

Je ne peux plus rester immobile alors que mon corps s'embrase sous sa bouche si douce et délicate. Mes mains caressent son dos, ses reins, cherchent le contact toujours plus poussé tandis qu'elle retire mon polo.

Le désir monte, ses lèvres brûlantes sur mon torse nu me rendent fou, accroc à son corps. Je la déshabille à mon tour, et d'un geste plus maîtrisé que je ne le pensais, je la renverse et prends le dessus.

Me voici sur elle, prêt à lui faire subir tous les fantasmes que j'ai nourris pour elle, ces derniers jours. Je me redresse un instant pour admirer ses formes parfaites, ses courbes magnifiquement dessinées.

Je l'embrasse langoureusement, empoignant cette chevelure cuivrée reflétant les rayons du soleil. Mon dieu, quelle beauté, quelle merveille, un ange tombé du ciel ! J'ai peur de l'abîmer, ou pire, de me réveiller, de sortir de ce rêve qui paraît tant chimérique.

Ma langue découvre chaque parcelle de son corps, son grain de peau a un goût si sucré, si raffiné, je me délecte.

Je crains de ne pas savoir comment m'y prendre, mais le désir est si intense, je ne peux plus rester en surface, je dois foncer, sinon mon sexe bandé, lui n'attendra jamais…

Je fais glisser son short en jean délavé à ses genoux, accompagnant le geste de caresses longues et subtiles, découvrant ses cuisses frissonnantes, puis la lui enlève totalement.

Apparaît alors la plus belle vision que j'ai pu découvrir de ma vie. Elle porte un string en dentelle de couleur rouge, assorti au soutien-gorge que j'ai retiré quelques minutes plus tôt.

Je caresse de mon pouce son sexe déjà humide, m'appelant, me criant « viens ! » Tout en l'embrassant, j'appuie de plus en plus sur son abricot gonflé de désir.

Elle se cambre de plaisir, ses seins sont durs et tout son corps en alerte. J'écarte alors ce qui nous sépare pour y glisser un doigt.

Je ne m'attendais pas à cela ! Elle est trempée, que c'est chaud ! Qu'est-ce que j'aime ça !

Je continue de faire monter le plaisir, dans des gestes lents, alors que je découvre réellement l'effet que je lui procure.

Lorsque le désir devient trop insupportable pour elle comme pour moi, j'habille mon soldat dressé d'un préservatif et m'enfonce en elle en douceur.

Je mesure mes mouvements, je veux qu'elle apprécie ce moment, et quand je la vois, les yeux mi-clos remplis de cette même passion qui m'anime, j'accélère la cadence. J'ai faim de ce corps, je suis affamé, je veux aller le plus loin possible, la faire vibrer encore et encore, l'entendre gémir et voir son corps se cambrer quand je m'enfonce jusqu'à la garde.

Je veux recommencer. Non, ne jamais m'arrêter, et que chaque fois que nous ferons l'amour, ce soit pour nous, l'éternelle première fois.

Chapitre 11

Soni

Drew est allongé à côté de moi, le torse se soulevant, se rabaissant, la respiration encore en alerte. Je le regarde, redressée sur mon bras, et me perds dans cette contemplation.

Il a un corps d'apollon, ses muscles saillants montrent sa facette sportive. Comment fait-il pour travailler et s'entretenir comme ça ? Ce mec est un robot ! Tatoué sur le mollet, un phœnix prend son envol, sur son épaule, près de la clavicule, une écriture japonaise, laquelle ne veut rien dire pour moi.

Je ne pose aucune question, je me contente de l'admirer. Cependant je ressens l'envie de le connaître plus que ça, bien plus. Je prends conscience que je veux tout savoir sur lui.

Papa s'est arrangé pour nous organiser ce week-end, afin que l'on apprenne à se connaître… C'est fait. Enfin pas vraiment… pas comme il l'attend en tout cas.

— Parle-moi de toi… Je ne sais rien, lui dis-je.

— Que veux-tu savoir ? me demande-t-il en se redressant face à moi.

— Et bien tes parents, par exemple, tu n'en parles jamais…

— Oh…

Ses yeux s'assombrissent, il baisse la tête pour se cacher, je comprends que ma question n'est pas la bienvenue. Tant pis, elle est déjà posée, et c'est quand même légitime de ma part de vouloir savoir cela, non ?

— J'ai perdu ma mère à l'aube de mes seize ans d'un cancer des poumons, qui s'est généralisé en huit mois. Elle est décédée devant moi. Je n'aime pas trop en parler… Quant à mon père, il m'a quitté l'année dernière, la pire épreuve de ma vie, car j'ignore la cause de sa mort.

Merde, j'ai vraiment mis les pieds dans le plat, et je n'ai pas fait semblant. Je regrette finalement d'avoir posé la question, je m'en veux terriblement. Je suis tellement gênée que je ne sais plus où me mettre.

Mon cœur se serre à l'idée de ce qu'il a pu vivre, je comprends tout subitement. Mon père compte vraiment beaucoup pour lui, je n'en prends réellement conscience qu'en cet instant.

Il me prend dans ses bras, me serre fort contre lui, et je sens mon cou s'humidifier. Je comprends qu'il se cache pour que je ne le voie pas pleurer, sa pudeur l'en empêche et c'est quelque chose que je comprends. Alors je ne dis rien, mais sa tristesse se fait mienne et nous finissons par pleurer ensemble. J'éponge son malheur, son chagrin, son désarroi autant que je le peux, je souhaiterais tant avoir le pouvoir de le soulager.

Je ne pose plus aucune question, ma curiosité ayant été vite tarie par cette terrible révélation, et mon envie de le réconforter ayant pris le dessus.

Nous nous endormons tous deux enlacés, les joues encore mouillées et les paupières alourdies par les dernières larmes versées.

Les rayons du soleil transpercent les persiennes de la fenêtre, réchauffant mon corps encore endormi. J'ouvre avec difficulté mes paupières, il me faut un instant pour réaliser où je me trouve. Drew !

Je tourne la tête, il est là, toujours là, profondément endormi, son visage magnifiquement éclairé par la lumière du jour qui filtre dans la chambre.

L'expression de son visage a changé, me rappelant la conversation « d'avant notre sieste improvisée », je saisis immédiatement. Je le réveille avec un chaste baiser sur ses lèvres que je dévorais il y a de ça seulement quelques heures. Il ouvre lentement les yeux et sourit lorsqu'il me voit. Je caresse sa joue, et il tourne la tête pour embrasser ma main. Ce mec me fait littéralement fondre.

Je décide alors de lui proposer une petite balade bucolique à travers les rues pavées de Rocamadour. Nous sortons du lit avec paresse, et une fois prêts, quittons le gîte main dans la main, dans un silence d'ange. Nous pourrions, avec plus d'expérience, sûrement entendre murmurer les gens qui nous fixent, mais je m'en fiche, je veux juste profiter de l'instant présent.

Nous longeons une petite route parée de part et d'autre de murets en pierre d'ici, quelle merveille ! Que d'histoires auraient-elles à nous conter si nous pouvions les entendre témoigner.

Nous arrivons sur les hauteurs de Rocamadour, une douce senteur de lavande nous titille les narines, gonfle nos cœurs de bonheur. La vue d'ici est à couper le souffle, et nous prenons un instant dans ce calme apaisant pour nous imprégner de la douceur de ce lieu.

Nous nous arrêtons pour boire un soda à la terrasse d'une brasserie. Nous sommes dans une petite bulle et rien ne semble pouvoir nous perturber. Je laisse mon regard divaguer sur la rue quelque peu animée.

Des touristes par centaines se croisent sans le moindre égard les uns envers les autres, nous vivons, évoluons dans un monde vraiment étrange. Mais qu'importe, inutile de se préoccuper de telles choses aujourd'hui. Il n'y a que nous et rien d'autre.

Je propose à Drew de prendre le petit train pour visiter la cité en le pointant du doigt. Je dois vraiment avoir l'air d'une gamine excitée par un jouet, car Drew ne peut pas s'empêcher de rire.

Nous rejoignons donc le train, de couleur blanche et assez long pour ce lieu, et nous installons confortablement. Je trouve cela féerique de pouvoir visiter un endroit culte comme celui-ci de cette manière. Je suis réellement émerveillée.

À la fin du trajet, n'ayant pas pu entrer dans les multiples boutiques, il me demande si je souhaite faire le chemin à l'envers pour faire du shopping. Tous les magasins de souvenirs se ressemblent, je ne sais pas vraiment où donner de la tête.

J'aimerais pouvoir aller dans chacun d'eux, seulement certains se distinguent, dont un que j'ai particulièrement aimé, celui où toutes sortes de sorcières sont mises en vente, que ce soit à accrocher en haut d'une porte, montées en bijoux et autre.

J'essaie des masques, et cela ne manque pas de faire rire Drew, qui se moque, jusqu'à ce que je l'oblige à porter un chapeau de sorcière. Nous partons tous les deux dans un fou-rire incontrôlable, qu'est-ce que ça fait du bien !

Je fais tout pour le voir avec une perruque, mais il refuse obstinément, et cela jette un froid entre nous. L'ambiance est plutôt tendue et triste, et nous reprenons notre promenade dans un silence religieux.

Finalement, je ne sais pas quelle idée lui traverse l'esprit, mais il s'arrête près d'un marchand de glaces et m'offre une glace au melon. Surprise par son choix, je la goûte, waouh ça déchire !

— Drew ! Tu n'es qu'un gosse ma parole ! dis-je en hurlant.

Il éclate de rire !

— Tu ne le savais pas encore ! HAHA, tu ne sais rien de moi. En fait, je suis un sadique !

Je n'ai pas le temps de répliquer qu'il pousse ma glace sur mon nez et s'enfuit en courant pour éviter les représailles. Je l'entends crier au loin dans sa fuite.

— Et puis, tu peux parler, tu n'es pas mieux !

J'essuie tant bien que mal mon visage, je râle, je peste, mais en fait on dirait un masque. L'odeur me monte au nez. Ah, je sens bon !

Il revient et se colle à moi. Je le regarde surprise. Il écarte une mèche qui me tombe devant les yeux et fait son sourire qui me fait craquer. Nous restons quelques secondes à nous regarder dans les yeux, ignorant les passants, le monde autour de nous.

Puis d'un coup, il me lèche partout. J'affiche un air faussement outré et il continue, me retenant le visage alors que je me débats pour l'arrêter. Je n'en peux plus, je hurle de rire. Ce mec est fou, devant tout le monde, il me lape comme un chat boit son lait !

Les passants nous regardent, et sourient. J'en pleure tant je ris, je suis tellement heureuse.

Ici, seuls au monde, sans pression familiale, sans collègue jalouse, nous sommes libres, quel que soit notre âge. Je me sens bien, je me sens moi, enfin je respire le bonheur.

Cette parenthèse enchantée, cette utopie ne dure que jusqu'au repas. Tout doucement, je redescends de mon nuage, quand je croise le regard sérieux de Drew. Il prend mes mains et parle d'un ton un peu trop solennel à mon goût.

— Il faut qu'on parle Soni... me dit-il sérieux, et je n'aime pas ça... Je suis vraiment attaché à toi. Je suis même, je pense, amoureux de toi, sincèrement Soni, surtout n'en doute pas. Je passe des moments uniques et magiques en ta compagnie. Mon désir le plus fou, c'est de partager encore et encore avec toi.

Il s'arrête un instant, je le vois chercher ses mots pour me dire ce que je redoute d'entendre. Je voudrais juste me boucher les oreilles, comme une gosse qui refuserait la leçon de morale de ses parents, mais je sais que je n'ai pas le choix. Je dois me montrer adulte. Je le regarde franchement, je ne faillis pas, j'attends qu'il finisse.

— Mais tu sais que nous ne pourrons jamais vivre plus que ce qu'on vit là. Tu as dix-sept ans, tu es mineure, j'en ai trente-cinq. Je travaille pour ton père, qui a une totale confiance en moi, je n'ose imaginer sa déception s'il apprenait la vérité.

Il souffle ces derniers mots. J'ai conscience de la position très délicate dans laquelle il est. Je sais que notre relation actuelle est périlleuse, tout sauf simple et saine.

Malgré ça, je ne peux pas lutter contre mes sentiments, contre cette envie d'être avec lui à chaque instant. C'est un besoin, une pulsion à laquelle je dois répondre si je veux me sentir entière, complète.

J'ai besoin de Drew dans ma vie, j'ai besoin de ce qu'il m'apporte au quotidien, de le voir rire et de rire avec lui, de me balader main dans la main avec lui. Je veux juste continuer de la même façon que cet après-midi, lorsque nous nagions encore dans le bonheur.

Il me fixe, et attend ma réponse. J'inspire profondément, et réfléchis à ce que je vais bien pouvoir dire. Pour moi, la solution est déjà toute trouvée.

— Il ne le saura pas... Je ne te mettrai jamais à mal. Je sais que tu as une longue et belle carrière qui t'attend. Je sais que papa et toi vous vous aimez comme père et fils. Je ne pourrais en aucun cas te nuire, je ne le veux pas. Puis je suis bientôt majeure... Tu ne peux pas mettre déjà un terme à tout ça, à nous...

À mes paroles, il détourne le regard, et j'ai l'impression qu'on me plante un couteau dans le cœur. Mais je n'abandonne pas et serre mes doigts autour des siens.

— Drew, regarde-moi.

— Je ne dis pas ça, mais tôt ou tard, nous serons confrontés à la vie réelle qui nous attend, rétorque-t-il sans conviction.

— Je le sais, mais en attendant, essayons... Peut-être que...

J'insiste, je n'ai pas envie de baisser les bras trop vite une seconde fois. J'ai dû me montrer suffisamment convaincante, car il cède enfin.

— Oui... oui... OK... dit-il finalement, résigné.

Un nouveau malaise se dresse entre nous, et le calme retombe, alors que nous finissons nos assiettes. Nous parlons uniquement pour discuter du choix du dessert.

J'observe Drew. Il cogite, mais il s'est renfermé. Je sais que je n'obtiendrai rien de lui maintenant. Après tout, j'ai eu ce que je voulais, une chance pour notre histoire, pour notre amour...

J'espère juste que cette fin de journée se terminera aussi bien qu'elle avait commencé.

Chapitre 12

Drew

À mon grand étonnement, j'ai réussi à passer au-dessus de toutes mes craintes, mes doutes, mes freins. Soni a réussi à me persuader, et puis, elle a raison, continuons. Puis l'on dit bien « pour vivre heureux vivons cachés ». J'espère simplement que le destin jouera en notre faveur.

La fin du week-end fut idyllique, je n'aurais jamais pu imaginer être aussi bien avec une femme. Avec elle, tout coule de source, la vie ressemble vraiment à un long fleuve tranquille. Enfin, aussi tranquille que plein de taquineries et blagues en tous genres.

Ça fait tellement de bien de pouvoir juste être soi, de ne pas réfléchir. Je me sens moins vide et abandonné, je me sens plus complet, plus en phase avec moi-même.

Nous sommes rentrés heureux, ressourcés et animés d'une énergie nouvelle, propre au sentiment amoureux qui était né entre nous.

Je reprends le travail ce matin, plus sérieusement, plus reposé. J'ai l'impression que je pourrais soulever des montagnes. J'ai cette envie de faire les choses jusqu'au bout, que tout se passe aussi bien au boulot que dans ma relation avec Soni.

Mais c'était sans compter sur Clay qui m'attend dans son bureau. Il m'a convoqué cinq minutes seulement après mon arrivée. Je pensais être matinal, mais j'avais oublié à quel point Clay pouvait l'être également.

J'entre en affichant un air amical et imperturbable. Mais il n'attend pas pour me cuisiner, visiblement impatient de connaître les moindres détails de notre week-end.

— Alors Drew, comment vas-tu ? Ce week-end était bien ?

Il affiche un grand sourire, et je lui rends une poignée de main dynamique, espérant le convaincre que je suis revigoré. Mais que vais-je lui dire ? Moi qui ai horreur du mensonge, je vais devoir m'exercer et passer maître dans cet art.

Par amour, tout est possible… Oui, mais jusqu'à quel point ? Et Soni, rentrée directement chez elle hier soir, a-t-elle subi elle aussi un interrogatoire ? Éluder me semble une bonne option, mais Clay ne se contentera pas d'une réponse évasive.

Bon, je dois me jeter à l'eau, je n'ai pas le choix, mon silence éveillerait des soupçons.

— Très bien Clay, très bien, mis à part que je t'explique pas notre surprise de nous voir tous deux, Soni et moi dans le même train côte à côte ! Et pire, dans la même chambre ! dis-je en souriant.

J'essaie de cacher mon malaise en m'adossant contre la commode face à Clay et prends une posture détendue.

— Oui, je te demande pardon, mais vous saviez ce que j'attendais de vous, et je ne voyais plus d'autre solution. Je connais ma fille par cœur, quant à toi, sans grande prétention, il me semblait te connaître un minimum. J'étais persuadé que le *feeling* passerait entre vous… Je pensais m'être trompé, mais restais sûr de moi, alors j'ai organisé ces mini vacances pour tenter le tout pour le tout.

Je le regarde s'affairer à son bureau, triant des papiers en même temps qu'il me parle. Cela me soulage qu'il ne me fixe pas pour que je lui réponde.

— Ah et désolé pour la chambre ! C'était censé être deux lits séparés. La gérante m'a appelé en panique en disant qu'elle s'était trompée sur la réservation, mais quand elle m'a dit que vous aviez convenu d'un arrangement, alors je ne suis pas intervenu, me dit-il en relevant la tête.

— Je comprends… je réponds à voix basse, pensant en mon for intérieur que son plan a plus que bien fonctionné.

— Alors, dis-moi ! Ne me fais pas languir ainsi Drew ! Ça a marché ? me demande-t-il tout sourire.

— Oui… Effectivement, la surprise passée, nous avons passé un excellent séjour. Nous avons appris à nous connaître. Je pense sincèrement qu'une belle relation s'est tissée entre nous.

S'il savait quel genre de relation nous unit, il déchanterait bien vite. Pourtant, je n'ai pas le choix, pour Soni, je m'enfonce davantage dans ce mensonge.

— Tu m'en vois ravi ! Je suis soulagé, tu ne peux pas savoir. Je n'osais pas demander à Soni par peur de me faire renvoyer balader. Tu sais le rapport père/fille ça va un temps, mais à partir d'un certain âge, ce n'est plus si évident que ça.

— Tout va bien, tout va bien, lui dis-je d'un ton calme.

Il me sourit, et retourne à sa paperasse, me faisant comprendre que je peux tranquillement retourner à mes occupations.

Je sors et expulse l'air que j'avais retenu d'un grand coup. Mes réponses ont semblé le contenter. Heureusement, car je ne suis pas sûr que j'aurais pu mentir plus.

Je ne m'en suis pas si mal sorti, enfin je pense, sans tout dire, c'est parfait. J'envoie un SMS à Soni pour la rassurer.

Drew : *Salut beauté ! Comme tu l'avais prédit, ton père m'a posé la question fatidique. Tout s'est bien passé... Toi ça va ?*

Soni : *Pas vraiment, tu me manques terriblement. Puis-je venir chez toi ce soir ?*

J'hésite un instant, la couverture reste fragile. Il ne faudrait pas que nous nous fassions coincer maintenant.

Cependant j'ai le besoin inéluctable de la voir. Nous sommes séparés seulement depuis la veille et j'ai l'impression de ne pas l'avoir vue depuis plusieurs jours déjà.

Je me dépêche d'écrire mon message avant que je ne change encore d'avis et que mes contradictions ne fassent des leurs.

Drew : *Sushis ? 20h ?*

Soni : *J'y serais !*

Sa réponse immédiate me rassure, elle est toujours aussi motivée, toujours aussi pressée de passer du temps avec moi.

Je me languis de la voir. Je n'ai qu'une hâte, c'est de filer de l'atelier, courir chez le marchand et rentrer chez moi.

La journée me paraît interminable, mais heureusement je suis bien occupé avec les nouvelles commandes et l'heure de partir arrive enfin.

Je prends mes affaires, salue les employés qui s'en vont également. Clay étant rentré depuis une petite heure, je ferme l'atelier.

Il ne me faut pas longtemps pour prendre la commande de sushis. Seb n'aurait pas hésité à me coller une amende sur le dos s'il m'avait surpris. Tant pis, j'ai trop hâte, l'impatience me rend dingue.

Je file sous la douche, le temps d'enfiler un jean noir et une chemise rouge dont j'ai remonté les manches de manière décontractée, finir les derniers préparatifs, et l'heure s'annonce enfin.

Vingt heures.

Je n'ai pas le temps de tourner en rond qu'elle toque chez moi. Je me précipite pour lui ouvrir, et sans lui laisser le temps de quoi que ce soit, je lui bande les yeux avec ma cravate.

Je la vois se raidir de surprise et je lui chuchote à l'oreille de se détendre. Il souffle un bon coup et je la dirige dans ma salle de bain. Elle ignore totalement mes plans, je m'en délecte d'avance, je suis surexcité.

Une douce odeur de vanille embaume la pièce. Elle y réagit instantanément, un sourire étirant ses si belles lèvres. Je la déshabille lentement. Elle se laisse faire en silence. J'en fais de même pour moi.

Je lui monte la jambe vers la baignoire remplie de mousse et de pétales de rose, sur laquelle reposent des bougies, et dirige son pied jusqu'à toucher l'eau du bain.

Elle le retire illico, ne comprenant pas ce que je lui ai préparé, mais sourit. Elle me fait confiance, ce qui me fait un bien fou.

Je lui embrasse la naissance de sa nuque, et sa peau se hérisse de frissons. Que j'aime l'effet que j'ai sur elle. Je continue de la guider et l'installe avec moi dans le bain.

Soni se cale entre mes jambes, me caressant les mollets. Je détache la cravate. Elle observe quelques secondes avant de se retourner vers moi.

— Quel romantisme ! me lance-t-elle.

— Te fous pas de moi, Soni ! T'aimes pas ?

— Bien sûr que si, c'est adorable… je ne m'y attendais pas, je n'y pensais même pas, tu es un amour.

Nous profitons de ce moment salvateur et de communion, en écoutant de la musique douce. Je lui masse doucement les épaules, et retiens l'envie de couvrir sa peau dégagée de baisers. Je continue mes caresses le long de ses bras et elle finit par se laisser aller contre mon torse. Elle ferme les yeux, je profite de l'instant pour m'émerveiller une fois de plus de la grâce qu'elle dégage.

Puis, elle frissonne. Cela fait un long moment que nous sommes dans l'eau qui refroidit, je lui propose que nous sortions. Malgré le sérieux que nous avons pu avoir tous deux, l'envie, le côté animal ressort. À peine l'ai-je enveloppée de sa serviette pour lui sécher le dos, elle soupire de satisfaction.

Je commence à la sécher lentement, et à la vue de ses somptueuses formes, aussi délicates et appétissantes les unes que les autres, je fais glisser ses cheveux sur son épaule pour l'embrasser avec gourmandise sur la nuque.

Les mains posées sur le lavabo, les effets produits par mes baisers font réagir son corps. Elle se cambre, je ne peux pas résister.

Les fesses contre moi, je descends lentement le long de son dos. Mes mains s'agrippent à ses hanches, je continue mon chemin de baisers le long de sa colonne vertébrale. Son corps se tend sous la sensation que cela lui procure. Ses mains se crispent et j'embrasse chacune de ses fesses. Lorsque je regarde dans le miroir, je la vois qui se mord la lèvre.

Je me redresse, j'ai envie d'elle autant qu'elle de moi. Je vois cette même étincelle de désir dans son regard que l'autre jour dans mon bureau. Cette incarnation de beauté me fait perdre toute raison.

J'attrape rapidement un préservatif que j'enfile. Elle s'arque davantage, m'offrant une vue magnifique de ses contours. Je me colle à elle, la pénètre délicatement et elle gémit faiblement.

Me voici en elle, je la martèle avec amour et passion. J'entends des sons discrets, pleins de plaisir, émaner de sa bouche. Mes mains se baladent sur sa peau, mes doigts effleurent ses tétons déjà durcis par l'excitation. La cambrure de ses reins est parfaite, et quand elle incline légèrement la tête de côté, j'en profite pour lui voler ses lèvres.

Notre baiser est intense, nos langues se cherchent et se taquinent, nos souffles se mélangent. Tout en elle est un appel à la tentation, elle éveille mes sens, réveille mes désirs les plus secrets.

Elle rompt notre échange langoureux dans un autre gémissement. Putain, que c'est bon de la voir comme ça ! Je veux l'entendre jouir, encore plus, pus fort, alors j'accélère et donne des coups de reins plus intenses, plus profonds. Ça y est, elle hurle de plaisir.

Je sens que notre plaisir est proche de son paroxysme. J'accentue encore la cadence, elle atteint l'orgasme enfin, et moi, quelques secondes après elle.

Je me retire tout en restant contre elle. Il nous faut quelques minutes pour retrouver une respiration régulière et faire redescendre la pression.

Elle se retourne ensuite et se love dans mes bras, me susurre un merci à l'oreille. Je glisse ma main dans ses cheveux et embrasse son front. Je la soulève et la porte dans la chambre pour que l'on s'habille.

Une fois remis de nos émotions, nous regagnons le salon. Installée dans le canapé, Soni semble rêveuse, ma curiosité me pousse à l'interroger.

— Tout va bien, Soni ? Tu avais l'air d'être perdue dans tes pensées, je lui demande un peu inquiet.

— Oui, je pensais juste que tu me fais passer de merveilleux moments.

Elle sourit, je sais qu'elle me dit la vérité. Je suis rassuré de savoir qu'elle a autant apprécié ce moment que moi.

J'apporte ensuite le dîner. Nous dégustons nos sushis avec grand mal, tant la fatigue nous assène. Soni somnole déjà, je lui propose de regagner la chambre. Elle acquiesce presque immédiatement.

Nous nous faufilons sous les draps après nous être à nouveau déshabillés et que Soni ait enfilé l'un de mes t-shirts. Moi sur le dos, elle vient caler sa tête sur mon torse, nous échangeons quelques tendres caresses.

Nous restons silencieux, mais nous savons tous les deux que nous prenons le risque de passer la nuit ensemble… Un mensonge de plus vis-à-vis de Clay.

Je ne sais pas si Soni est aussi gênée que moi sur ce sujet, nous évitons d'en parler pour ne rien gâcher, mais j'avoue que pour moi c'est de plus en plus difficile.

Je m'efforce de dissocier au mieux le boulot, ma relation avec Clay et celle avec Soni, mais tout est si étroitement lié que les mensonges à répétition sont durs à porter. Même si mon envie d'être avec elle est plus forte que tout, je n'ai aucune conviction sur le futur de notre relation.

Je la regarde alors qu'elle sombre vers le pays des rêves. Une seule certitude m'apparaît clairement, c'est ce que je ressens pour elle. Mes sentiments grandissent de jour en jour, j'ai de plus en plus besoin de Soni auprès de moi.

Chapitre 13

Soni

Je regarde l'aiguille faire le tour du cadran depuis plus d'une heure et demie, et j'ai toujours cette impression qu'elle n'avance pas. Ça fait seulement trois jours que nous ne nous sommes pas vus avec Drew, pourtant j'ai l'impression que ça fait une éternité.

Si seulement je n'étais pas coincée sur cette chaise, à écouter un professeur barbant déblatérer sur les idées philosophiques du dix-septième siècle. Je pourrais être à l'atelier, près de Drew, et faire ce que j'aime.

Sauf que je n'ai pas le choix, l'une des conditions pour que papa m'autorise à travailler comme couturière est ma réussite scolaire. Je ne suis pas la première de ma classe, mais je me maintiens à un niveau correct. Papa et maman veulent s'assurer que j'ai un avenir devant moi si jamais la couture venait à ne plus me plaire. Pour moi, c'est déjà tout vu, je veux travailler dans la maison Parks. Je veux créer des tenues, utiliser les différents tissus, assembler les matières, les couleurs… J'adore faire ça, chaque jour est différent, chaque création est unique. C'est vraiment un métier enrichissant.

Maman rigolerait si elle m'entendait dire ça. Elle prendrait cet air nostalgique qu'elle a quand elle revit un souvenir, et me dirait que je suis bien la fille de mon père. C'est sûr que là-dessus, j'ai de qui tenir ! Il n'y a pas plus passionné que papa, et j'espère vraiment rester passionnée aussi longtemps que lui !

La cloche sonne enfin, je suis libérée de mon supplice ! Je me dépêche de me lever, fourre mes affaires dans mon sac et file vers la sortie. Je ne prends pas la peine de saluer mes amis, et esquive de justesse Margaux qui tente de me retenir.

D'un côté, je m'en veux de lui mentir, de lui cacher mes rendez-vous secrets avec Drew. Mais sa réaction de la dernière fois m'a refroidie et puis, je ne suis pas sûre qu'elle pourrait comprendre.

De toute façon, je suis tellement heureuse de pouvoir le retrouver ce soir que tout ça sort très vite de mes pensées. Je me contente de marcher d'un pas rapide dans le dédale de rues de la ville.

Ce soir, nous avons prévu une soirée cinéma avec Drew, histoire de faire comme les couples « normaux », m'a-t-il dit. Sur le coup, j'ai rigolé et il s'est vexé, pensant que je n'appréciais pas l'idée. Quand je lui ai expliqué qu'on était un couple tout sauf normal, il a simplement haussé les épaules avant de m'embrasser doucement.

J'ai prétendu passer la soirée chez une copine, pour éviter l'interrogatoire si je découchais une nouvelle fois sans prévenir. La dernière fois, j'ai bien cru que j'allais vendre la mèche, tellement papa était suspicieux face au bobard que je lui avais pondu.

Je n'aime pas mentir à mes parents, mais je sais que nous n'avons pas le choix, et Drew l'a compris aussi. Il en est même venu à devoir s'inventer une vie à côté du boulot pour pouvoir décliner les invitations de papa et les sorties parfois prématurées du boulot.

J'arrive enfin devant chez lui, et comme à chaque fois, j'ai la boule au ventre de le retrouver. Je ne me lasse jamais de nos retrouvailles, que ce soit au bout de quelques heures ou quelques jours. Si je pouvais, je passerais tout mon temps avec lui.

Je toque pour signaler mon arrivée, puis entre sans attendre la réponse. Je dépose mes affaires sur le canapé, retire mon manteau, aucun signe de Drew.

J'appelle, pas de réponse, alors je vadrouille dans la maison, lorsque j'entends l'eau couler puis se couper. Je reste un instant devant la porte, avec l'envie de l'ouvrir et de découvrir Drew dans son plus simple appareil, ou l'idée beaucoup moins tentante de faire demi-tour et d'attendre qu'il sorte.

Le temps que mon cerveau délibère, la porte s'ouvre, et c'est sur un Drew torse nu qui apparaît devant moi. Encore une fois, je suis happée par la vue qu'il m'offre inconsciemment.

De fines gouttelettes d'eau roulent sur sa peau, voguant sur ses pectoraux et ses abdos magnifiquement dessinés. Une simple serviette négligemment nouée autour de la taille cache le bas de son corps, juste en dessous du V que j'aime tant.

Je sens mes joues prendre feu à l'idée que je suis littéralement en train de le scruter sans gêne, et mon regard remonte jusqu'à son visage pour plonger dans le sien.

Il sourit, visiblement surpris et amusé de la situation, et moi je ne sais plus où me mettre. Ma culotte se désintègre quand il effleure mes lèvres, et me souffle à l'oreille.

— Bonjour toi.

Je détourne les yeux, gênée, et recule légèrement pour reprendre une contenance, en essayant de ne pas me mélanger les pinceaux dans mes explications.

— Je… Tu… Enfin, la porte était ouverte, je suis entrée, et…

Il pose un doigt sur ma bouche, je me tais instantanément, mes yeux recherchant le contact des siens pour comprendre son geste. Son sourire s'est élargi, il se moque de moi, c'est injuste qu'il s'amuse ainsi de l'effet qu'il me fait.

Pourtant, il ne s'arrête pas, et glisse son doigt sur ma joue, puis le long de mon cou. Tout mon corps prend une décharge à ce toucher doux et sensuel, ma peau frissonne, s'électrise. Je ne quitte pas ses yeux, je me noie dedans.

Il continue sa descente sur ma poitrine, jusqu'à arriver à la naissance de mes seins, et je perçois dans son regard une lueur de désir naissant. Je ne suis peut-être pas expérimentée en la matière, mais les signes ne trompent pas, il me veut comme je le veux.

D'un coup, il s'arrête, retire son doigt et entre dans sa chambre, me laissant plantée là, seule, ma culotte trempée et frustrée. Alors plutôt que de lui faire le plaisir de le rejoindre en petite chose docile, je marche à l'opposé et m'assieds dans le canapé, essayant d'arborer un air déterminé et vexé.

— Tu boudes ?

Je ne réponds pas, je ne veux pas céder, qu'il croie qu'il peut m'avoir comme ça lui chante.

Je l'entends s'avancer, s'asseoir à côté de moi tout en boutonnant sa chemise. Je résiste à la tentation de me perdre à nouveau dans la contemplation de son corps et reste immobile, campée sur mes positions.

— Allez, Soni, on a un film qui nous attend, tu ne vas quand même pas faire la tronche toute la soirée !

Devant mon absence de réaction, il soupire.

— Très bien, reste là, j'irai seul dans ce cas. Quand tu auras fini de te comporter en gamine, tu me feras signe.

Sérieux ? Il me laisserait en plan comme ça ?

Je me lève d'un bond et me plante devant lui, prête à répliquer, mais il est plus rapide et m'attrape pour m'attirer contre lui. Je tente de résister pour manifester mon mécontentement, mais il resserre sa prise et je ne peux plus bouger. J'ai la tête collée à son torse, et j'entends les battements réguliers de son cœur. Cela m'apaise instantanément.

— J'aime quand tu es fougueuse de la sorte, et tu pourras l'être autant que tu veux tout à l'heure, mais pour le moment, si on ne se dépêche pas, on va vraiment louper la séance.

Je sens le rouge me monter une nouvelle fois aux joues, et reste cachée dans sa chemise pour qu'il ne le remarque pas. Je hoche simplement de la tête pour lui faire comprendre que je rends les armes, qu'il a gagné.

Il dépose un bisou sur ma tête avant de me lâcher et d'enfiler sa veste.

— Ce n'est pas juste, je proteste, dis-je en affichant une moue faussement vexée.

— Tu auras tout le temps de protester sur le chemin, en attendant on y va !

Drew me rabat ma capuche sur la tête en riant, et passe son bras autour de mes épaules. Nous nous mettons en route et ma mauvaise humeur se dissipe rapidement, je suis incapable de rester longtemps fâchée contre lui. Nous avons si peu de temps ensemble que j'ai juste envie d'en profiter.

Une fois arrivés, nous avons acheté du popcorn et nous avons lu les films à l'affiche. Drew m'a galamment dit de choisir ce que je voulais, mais je reste assez indécise, et il s'impatiente.

— J'opte pour le thriller, il a l'air vraiment super, lui dis-je tout sourire.

— Le thriller, vraiment ?

Il semble surpris par mon choix, et me fixe.

— Quoi, tu t'attendais à ce que je choisisse un film à l'eau de rose, ou le film d'animation ? Bah non, je préfère quand il y a du suspens et du frisson.

— C'est vrai que je pensais que t'allais choisir un truc… Normal. Vu que c'est une sortie en amoureux…

— Je te rappelle que nous sommes tout sauf un couple normal, l'aurais-tu déjà oublié ?

Je lui balance ça en lui faisant signe de jeter un œil autour de nous. Certains nous dévisagent, fixent nos mains entremêlées, s'arrêtent même parfois pour tenter d'avoir une réponse à leurs interrogations.

Je m'en moque éperdument, je voudrais juste faire comprendre à Drew que nous aurons toujours une relation différente, à cause de nos âges respectifs. Parfois, c'est bien de faire comme tout le monde, je découvre avec lui les joies de la vie à deux, mais j'aime aussi le fait qu'on soit uniques, que notre relation soit spéciale. Après tout, c'est bien ce qui nous caractérise.

— Alors, va pour le thriller ! C'est parti ! annonce Drew, enthousiaste.

Nous prenons donc nos billets, et allons nous installer tout au fond de la grande salle déjà plongée dans le noir.

Nous chahutons comme deux gosses pour savoir qui tiendra le popcorn, par la même occasion qui en mangera le plus, et nous nous attirons les foudres des gens placés quelques sièges plus bas.

Après un fou-rire étouffé, le film démarre et la salle tombe dans le silence. Nous plongeons tous les deux dans le film, nos doigts toujours entrelacés.

À la fin du film, nous avions besoin de nous dégourdir un peu les jambes. Nous marchons depuis environ dix minutes, et l'air frais du soir est agréable à respirer.

Je bâille malgré moi et Drew le remarque immédiatement.

— Fatiguée, princesse ?

— Ça va encore, l'air piquant me réveille, je souris pour le rassurer.

— Allez viens, on rentre.

Il est vraiment adorable, toujours soucieux de mon bien-être. Il remarque les petits détails, est prévenant, j'ai l'impression de nager en plein rêve.

Nous marchons lentement, et en arrivant chez lui, Drew me prépare un chocolat chaud que je me dépêche d'engloutir. La sensation de chaleur qui se répand dans mon organisme me fait un bien fou, et je le remercie en déposant un léger baiser sur ses lèvres.

Il en profite pour m'attirer à lui, plonge sa tête dans mon cou et ses bras dans mon dos. Je l'entends respirer, et décide de profiter moi aussi de ce moment rien qu'à nous.

Puis, il me soulève sous les jambes, tandis que je m'accroche à son cou, me porte comme une princesse et m'amène dans sa chambre, où il me dépose délicatement sur le lit.

Alors qu'il se redresse, mes bras se referment instinctivement autour de sa nuque. Je ne veux pas qu'il s'éloigne de moi, je me sens bien contre lui, je veux sentir sa chaleur, sa douceur, ses caresses.

— Tout va bien Soni, je ne pars pas.

Il me redresse légèrement et retire mon haut dans un geste fébrile, guettant ma réaction. Je ne bouge pas, coopérant à son initiative, mon corps s'enflammant à son simple toucher.

Il ne me quitte pas des yeux, et déboutonne mon pantalon, pour le glisser jusqu'à mes chevilles avant de le jeter à l'autre bout de la pièce rejoindre mon haut envoyé quelques secondes plus tôt de la même façon.

Me voilà en sous-vêtements devant lui, et même si ce n'est pas la première fois, il y a toujours cette appréhension de ne pas lui plaire, alors qu'il me dévore littéralement des yeux.

Il s'affaire à se dévêtir de la même façon, puis vient me rejoindre dans les draps, colle son corps contre le mien, déjà bouillant de désir.

— Drew...

Je chuchote à son oreille, avant de lui embrasser le cou, ce qui le fait frissonner. Il fait balader ses mains sur mes courbes, et bon Dieu que j'aime ça.

Cette fois-ci est totalement différente des autres, nous prenons notre temps, nous redécouvrons le corps de l'autre. Tous nos gestes sont lents, empreints de douceur et d'hésitation.

Le plaisir est différent, mais tout aussi puissant, chaque toucher fait contracter mon bas-ventre, chaque caresse éveille un peu plus mes sens.

Mes mains partent à la découverte de ses muscles, de ses contours, enregistrent les formes et les sensations. Je veux me souvenir de ce moment magique que nous sommes en train de partager, graver dans ma mémoire cet instant charnel qui nous lie.

Drew se place au-dessus de moi et m'embrasse, d'abord de manière subtile, puis ses lèvres pressent un peu plus sur les miennes, sa langue se fraye un chemin à travers les miennes pour pénétrer dans ma bouche. Notre baiser devient une valse gracieuse et torride à la fois, nos corps collés l'un contre l'autre s'appellent, nos souffles se confondent.

J'ouvre les yeux l'espace d'un instant, et ce que je vois ne fait que confirmer ce que je ressens. Je le veux, je le désire, là maintenant, en moi, pour me remplir et me compléter, pour que je me sente entière, et qu'il m'emmène au septième ciel.

Putain que je l'aime…

Chapitre 14

Drew

J'entrouvre les yeux. La chambre est encore plongée dans la pénombre. Je tends le bras pour attraper mon téléphone, il est à peine six heures du matin. Avec le boulot, mon corps a pris un rythme, et j'ai beaucoup de mal à faire la grasse matinée. Pourtant, j'ai pris ma journée en connaissance de cause.

Je me tourne légèrement, la vue est splendide. Soni, allongée juste à côté de moi, dort paisiblement. Elle a un visage d'ange, si innocent et doux, encore plus quand elle n'a pas cet air farouche de la fille qui se veut forte.

Son corps à moitié enroulé dans la couette dévoile ses jambes aussi gracieuses qu'élancées, ses hanches au dessin parfait, et ses épaules dénudées. Je ne résiste pas à l'envie d'y déposer un baiser, qui fait frissonner son corps. Voir sa peau frémir est un pur délice, je ne m'en lasse pas.

Elle gémit doucement et se retourne pour venir se coller contre moi, sa tête posée sur mon torse. Je ne peux m'empêcher de sourire, tellement je me sens bien à cet instant. Pour un peu, je me rendormirais, mais j'ai une bien meilleure idée en tête.

Je la caresse doucement et l'embrasse sur la tête en résistant à l'envie de jouer avec sa chevelure brune, puis l'installe sur l'oreille en délicatesse pour me lever.

Après avoir ramassé mes fringues en silence, je me glisse hors de la chambre et file dans la cuisine. Je me fais couler un bon café pour bosser quelques heures avant le réveil de Soni, nous aurons la journée pour profiter d'être ensemble comme ça.

Hier, elle m'a déjà bien surpris avec le choix de son film, je ne m'attendais vraiment pas à ce choix. Mais elle a raison, nous n'avons rien d'un couple normal, alors autant faire les choses comme nous en avons envie, peu importe le regard des gens.

J'adore sa façon de se jouer de tout, de défier les règles et de franchir les limites. J'étais un peu comme ça à son âge, insouciant et intrépide. La plupart du temps je la laisse faire, et plus, je m'amuse avec elle. Une part de moi est restée dans l'enfance, et y restera sans doute toujours.

La seule chose qui m'inquiète, c'est Clay. C'est un homme formidable qui m'a ouvert une grande carrière, un père aimant sa fille plus que tout, et nous lui mentons tous les deux effrontément.

Soni n'est sans doute pas en mesure d'envisager la portée de ses actes, mais moi je sais à quel point un mensonge peut être destructeur. Ça commence par trois fois rien, et plus ça va, plus on s'embourbe dans nos histoires montées de toute pièce, jusqu'à ne plus pouvoir s'en dépêtrer. Puis, la vérité finit toujours par éclater. Je n'ai pas voulu inquiéter Soni, seulement je redoute ce moment.

Je regarde ma montre, bientôt dix heures. Je ferme mon ordi, et m'active à préparer le petit-déjeuner pour la princesse qui sommeille encore à côté.

Plateau en main, j'entre dans la chambre, et je ne peux que rester figé devant le spectacle que j'ai sous les yeux. Soni, le corps totalement nu hors des draps, ses cheveux encadrant parfaitement son visage, sa respiration faisant soulever à rythme régulier sa si jolie poitrine, tout en elle est un appel à la tentation et au désir.

Je sens mon soldat durcir dans mon caleçon et commencer à se sentir à l'étroit, alors je m'efforce de reprendre mes esprits en secouant la tête pour chasser ces pensées de mon esprit.

Je pose le plateau que j'ai préparé sur la table de nuit, me penche et embrasse les lèvres de Soni, dont les yeux papillonnent avant de se plonger dans les miens.

— Bonjour, lui soufflé-je.

Elle sourit, s'étire de tout son long avant de se réfugier dans mes bras. Je la serre contre moi, je respire son parfum, son odeur. Quand je vis des moments pareils, je ne regrette pas de mentir à mon entourage. Soni est devenue une part importante dans ma vie, ce serait me voiler la face que de penser le contraire.

Nous profitons de cette journée rien qu'à deux, blottis au fond du lit, à ne rien faire. Nous ne nous posons pas de questions sur l'avenir, sur ce que demain peut nous réserver. Il nous faut vivre au jour le jour chaque instant qui nous est donné, et nous l'avons bien compris.

En fin de journée, Soni doit repartir, et je sens déjà le vide que son absence va laisser. Moi, le célibataire endurci, me voilà devenu accro à ce bout de femme.

Je la regarde un moment s'éloigner avant de refermer ma porte et de soupirer.

Soni est pire qu'une drogue. J'ai l'impression de sentir encore les effluves de son parfum traîner dans l'air, son odeur sur ma chemise.

Reprends-toi Drew, ce n'est pas toi ça...

J'enfile un jogging et sors courir. L'air frais et la fatigue physique m'aideront à reprendre mes esprits. Et puis me dégourdir ne me fera pas de mal, ça fait longtemps.

Les maisons défilent. J'accélère le rythme. J'aime la sensation de tiraillement dans mes jambes et le bitume sous mes pieds. Je respire à pleins poumons cet air qui me glace le corps. J'augmente encore la cadence, plus vite, encore plus vite…

Je finis par m'arrêter quand le paysage n'est que champs à perte de vue. Je fais un tour d'horizon en reprenant mon souffle. Le soleil disparaît déjà derrière la colline, bientôt il fera noir.

Je souffle, je me sens complètement idiot, courir comme un abruti sans même regarder où je vais. Mais au moins, j'ai pu évacuer toute cette tension, je me sens mieux.

Je rentre, et après une bonne douche, m'écroule dans mon lit, vidé de toute énergie. Demain je reprends le boulot, et vais encore devoir affronter Clay. Je sombre rapidement dans un sommeil profond.

Un bruit strident me broie les tympans. Je cherche la source de ce vacarme, et finis par mettre la main sur mon téléphone, qui atterrit de l'autre côté de la pièce une fois la sonnerie désactivée.

Qu'est-ce qui m'a pris de mettre le réveil si tôt ? Parfois je me demande si je n'ai pas des tendances masochistes. C'est vrai que je me plonge à corps perdu dans le boulot pour éviter de cogiter, mais cinq heures du matin, je suis complètement fou !

Le café sera mon meilleur ami aujourd'hui. J'ai des courbatures d'avoir couru comme un abruti hier, et même la douche ne m'a pas suffisamment détendu les muscles.

Une fois prêt, je saute dans ma voiture et prends automatiquement la route de l'atelier. Un travail monstre m'attend, je le sais. Chaque fois que je m'absente ne serait-ce qu'une journée, les employés sont vite perdus, et même si Clay est encore là, il me confie la plus grande partie de la gestion et s'occupe seulement de la partie administrative.

Je salue les quelques personnes déjà présentes en arrivant, pose mes affaires sur le bureau et vois un post-it collé sur mon ordinateur :

Viens me voir quand tu arrives, Clay

Je pensais être matinal, j'ai tendance à oublier que Clay l'est encore plus que moi. Il sait sûrement déjà que je suis arrivé, il vaut mieux que je ne le fasse pas attendre.

Je passe par le distributeur de café, en prends deux et toque à la porte de son bureau. Un « entrez » me signale le top départ du masque que je suis obligé d'enfiler. J'inspire et pousse la porte.

Clay m'accueille comme à son habitude, avec un sourire chaleureux, le bureau rempli de papiers. Je lui dépose son café devant lui, et m'assieds alors qu'il me remercie.

— Alors comment vas-tu Drew ce matin ?

— Bien merci et vous ?

— J'ai connu des jours meilleurs. Des employés seront absents, il ne faut pas que cela nous retarde sur nos commandes.

C'est vrai qu'en l'observant, Clay a les traits tirés, le visage soucieux et les épaules tombantes.

— Mais raconte-moi plutôt, tu t'es bien reposé hier ? me demande-t-il.

— Oui, et puis j'en ai profité pour aller courir un peu, ça faisait longtemps.

— Ah la jeunesse ! rit-il, avant de devenir sérieux. Je ne sais pas ce qu'il s'est passé chez sa copine, mais Soni n'a pas voulu me raconter un seul mot de ce qu'elle a fait là-bas. Ça ne lui ressemble pas, elle me dit tout d'habitude.

Je grimace, pas bien sûr de l'attitude que je dois adopter, et avale une gorgée de café en m'enfonçant dans mon siège.

— Enfin, je suppose qu'à l'adolescence, il est normal d'avoir son jardin secret. Je m'inquiète sûrement trop, finit-il par lâcher.

— Oui, Clay, à cet âge-là on a tous des petits secrets, des choses qu'on veut garder pour nous, tenté-je.

— Tu as raison, me sourit-il. Bon, c'est pas tout, mais on a pas mal de travail aujourd'hui. C'est pas le moment de s'étendre en bavardages.

— C'est pour ça que je suis venu plus tôt ! lui dis-je, détendu par la tournure de la conversation.

— Tu fais bien, avec du personnel absent, nos soirées se finiront tard. Ça ne posera pas de problèmes à ta nouvelle copine, j'espère ?

Il me pose cette question en me fixant droit dans les yeux, je sais que je ne peux pas baisser le regard sous peine de me faire piéger. Je ne l'avais pas vu venir en même temps...

— Aucun, elle sait que je bosse tard. Je lui enverrai un SMS pour la prévenir.

— Ah, c'est bien les femmes qui comprennent les gens passionnés comme nous, n'est-ce pas ?

— Oui...

J'essaie de rester le plus évasif possible, mais plus il creuse et plus je m'enfonce dans mon mensonge.

— Bon, je te libère, les employés t'attendent sûrement, me dit-il en replongeant dans ses papiers.

— Bon courage, Clay, ne vous surmenez pas, lui réponds-je en me levant.

Il me fait un vague signe de la main, je sors du bureau et reprends enfin ma respiration. Je ne me rappelle plus quand j'ai arrêté de respirer, et cette fois-ci, j'ai vraiment cru que Clay verrait la supercherie.

J'abuse de sa confiance, je le sais, mais comment faire ? Coincé entre Soni, pour qui mes sentiments se renforcent, et son père, que j'affectionne particulièrement et qui me confie son entreprise familiale, je n'ai pas beaucoup de marge de manœuvre.

Je file rejoindre les autres, qui sont arrivés depuis, et ma journée peut enfin réellement commencer.

Chapitre 15

Soni

Avec Drew, nous vivons des instants délicieux. Chaque instant partagé est un pur bonheur, et me conforte dans l'idée que je suis réellement éprise de lui, malgré le fait que je sois totalement novice dans le domaine de l'amour. Il dégage une douceur et un respect envers moi si grands que je ne peux me sentir que comblée à ses côtés.

Le plus dur pour nous à accepter, c'est de vivre cet amour caché. À force de rendez-vous clandestins, je crains parfois que Drew ne craque et ne me quitte. Je sais qu'il en souffre plus que moi, que papa lui met la pression à lui poser des questions sur sa vie, etc.

Drew en est même venu à s'inventer une vie de couple pour être plus crédible, pour que mon père évite les interrogatoires quotidiens, mais il le vit mal.

Papa ne comprend pas pourquoi il n'accepte jamais les invitations à dîner chez nous. Je le devine vexé d'être mis de côté ainsi dans la vie de son protégé.

Pourtant nous savions tous les deux que nous serions obligés de fonctionner de cette manière, de faire exister cet amour en secret.

À la sortie du lycée, je saisis mon téléphone portable dans ma poche afin d'envoyer un message à Drew, marchant rapidement vers le portail.

— Soni ! crie Margaux à bout de souffle, à me courir après.

Je me retourne, surprise.

Je vois à son regard qu'elle va me faire des reproches. Et merde, que me veut-elle ?

— Pourquoi tu pars tous les soirs si vite ? Tu fais chier, j'arrive plus à respirer, me gronde-t-elle, les mains sur les cuisses, penchée en avant, à tenter de reprendre sa respiration. Soni ! Non !

Elle a regardé mon écran et a vu Drew inscrit dessus. Elle m'agace à faire traîner ses yeux partout ! Je verrouille mon écran et la fixe.

— Quoi ? dis-je, sur la défensive.

— Tu écris à Drew ? dit-elle offusquée de mon comportement.

Elle commence à me taper sur les nerfs à jouer les mères louves, je suis quand même assez grande pour savoir ce que je fais ! Cela fait des semaines qu'elle me harcèle avec ses questions, j'ai toujours réussi à éluder le sujet, à lui mentir, mais je sens que ma crédibilité ne va pas faire fureur bien longtemps.

De toute façon, pour ce coup-ci, j'ai été prise sur le fait. Je me vois mal inventer un énième bobard plus gros que moi, qu'elle n'avalerait certainement pas.

Je prends mon courage à deux mains, lasse de jouer ce double jeu, surtout avec ma meilleure amie. Emprisonnée de ces chaînes retenant mon honnêteté, déchirant mes chairs de ne pouvoir parler avec personne, partager ce secret.

Elle est finalement peut-être cette confidente dont j'ai besoin pour alléger le poids de mon silence. Je capitule devant son air interrogateur et inquiet.

— OK oui je suis avec lui, mais je t'en supplie, ne le dis à personne !

— Je... alors là je suis sur le cul... Depuis quand ?

Je lis la déception dans son regard de lui avoir menti. Elle comprend immédiatement mon petit jeu fourbe.

— Depuis plusieurs semaines… Je ne voulais pas te blesser, je cherchais juste à me protéger. J'avais peur que tu me juges, que tu me rejettes. Avant de te l'expliquer à toi, je voulais d'abord me comprendre moi. Je ne connais rien en l'amour, je n'ai jamais été amoureuse avant lui. Je ne savais pas ce que c'était le désir. Avec lui j'apprends tout… Je me découvre.

Elle avale mes paroles de manière dubitative. Est-ce que mes mensonges ont trop ébranlé sa confiance en moi pour qu'elle croie en mes confidences ?

— Tu es vraiment amoureuse ? Il ne t'a pas forcée au moins ? me demande-t-elle inquiète.

— Non ! Bien sûr que non ! Au contraire, il est super respectueux.

— Alors, pourquoi le garder secret ?

— Mes parents… Enfin mon père…

Me voilà mal à l'aise rien que d'y penser. Je n'ai pas pour habitude de cacher des choses, encore moins de mentir. Pourtant j'ai bien vu ces derniers temps à la maison que papa guette le moment où je me mettrai à parler, mais rien ne vient. Je ne peux pas lui dire, il serait sans doute déçu et en colère.

— Je comprends, mais je serais vous, je le dirais quand même, car le jour où il l'apprendra, ce sera pire, me conseille Margaux.

— Mouais je ne sais pas, je refuse d'y penser pour l'instant.

— Tu sais, je ne suis pas super bien placée pour donner des conseils, étant donné que je n'ai jamais connu cela, mais je pense que vous vous voilez la face, que tôt ou tard vous y serez confrontés et que, malheureusement, cela pourrait tout gâcher.

Margaux me fixe de ses grands yeux bleu azur. Elle s'approche et me prend dans ses bras, tout en me murmurant qu'elle ne dira rien, même sous la torture.

Mon cœur se libère suite à cette parole. Je suis soulagée d'avoir enfin une alliée, une amie sur qui compter et à qui je pourrai parler.

Après cette affectueuse étreinte, nous rions toutes deux, de nouveau complices. Nous sommes redevenues comme au bon vieux temps, et nous racontons rapidement les ragots et derniers potins avant de nous séparer.

Ce matin je reprends la route de l'atelier Parks. Les vacances de Pâques viennent de commencer, et qui dit vacances dit stage. À vrai dire, je ne sais pas à quoi m'attendre. Entre mon père qui pourrait être là et Drew qui sera forcément présent, j'ai bien intérêt à ne pas faire de faux pas.

Je salue les employés présents, et papa m'envoie directement retrouver Lana. Celle-ci m'accueille assez froidement, elle a l'air encore plus tendue qu'à notre première collaboration. Elle me fixe de son regard hautain. Cette nana m'exaspère, elle ne me connaît pas et me sonde de haut en bas, comme si j'étais la dernière des dernières. J'ai une sainte horreur de ces filles qui toisent les autres comme si elles étaient supérieures à tout le monde.

Pauvre fille.

Je rencontre à plusieurs reprises Drew au cours de la journée. Nous n'échangeons que très peu de mots, pour ne pas attiser la curiosité des collègues. Pourtant, nos regards ne trompent pas.

Chaque fois qu'on se croise, nous nous frôlons à peine, et pourtant, nos yeux s'ancrent les uns aux autres l'espace d'une infime seconde, suffisante pour se transmettre ce que l'on ressent.

Plus les jours passent, plus nous avons du mal à nous maîtriser. Nous ne pouvons résister à l'envie de nous fixer longuement, de nous toucher, lorsque nous passons près l'un de l'autre. Nous oublions parfois que nous ne sommes pas seuls.

J'ai remarqué plusieurs fois que Lana m'ordonnait de vaquer le plus loin possible de Drew, qu'elle s'empresse d'approcher en minaudant. Plus ça va et plus j'ai l'impression qu'elle rajoute des couches de peinture sur son visage. Elle m'écœure vraiment.

Justement, aujourd'hui, je bosse sur l'un des patrons, assemblant et coordonnant les tissus qui se marieraient le mieux sur ce modèle. J'essaie de rester concentrée sur mon travail, seulement je ne résiste pas à l'envie de relever la tête en direction de Drew, qui travaille quelques mètres plus loin, sur un autre modèle.

Comme si nous étions connectés, il glisse un regard vers moi au même instant, et pendant une minuscule seconde, le temps semble s'être arrêté. Il n'existe plus que nous, plus d'atelier, plus d'employés...

— Soni, peux-tu aller chercher le cachemire numéro douze dans la salle du fond ?

Lana me sort de mes pensées, et comme toujours au moment opportun. Je lui sors mon plus beau sourire de façade, aussi faux que la paire de seins qui lui remplit le soutien-gorge, et pose mes affaires avant de me diriger vers la sortie de la pièce.

Je n'ai même pas le temps de fermer la porte qu'elle a déjà planté ses griffes sur Drew, à le coller et à jouer les pétasses. Je file chercher ce qu'elle me demande, mais c'était sans compter sur mon père qui m'interpelle.

— Soni chérie, tout va bien ?

— Oui papa, pourquoi ça n'irait pas ?

— Bon tant mieux alors, je suis content que tu viennes travailler avec nous pendant les vacances. Un peu de sang neuf ne fait pas de mal, et puis il y a toujours un Parks dans l'entreprise comme ça, me dit-il.

— Moi aussi je suis contente de venir ici, comme toujours, je lui souris, cachant mes tourments.

— Si ça n'allait pas, tu me le dirais, n'est-ce pas ? Tu sais que tu peux tout me dire, insiste-t-il.

Et voilà qu'il recommence, à jouer les papa poule, à vouloir tout connaître de ma vie privée. J'ai bientôt dix-huit ans, il va falloir qu'il se fasse à l'idée que son bébé a grandi et devient une adulte.

— Je sais papa, j'y vais Lana attend que je lui rapporte son tissu, dis-je en montrant le textile.

— Vous vous entendez bien toutes les deux, ça fait plaisir à voir.

Si seulement ! Il est bien loin de se douter du double jeu qu'elle joue. Cette femme est une véritable garce, et elle sait parfaitement manipuler tout son petit monde.

Je retourne dans la salle de création et la scène que j'ai devant moi me dégoûte au plus haut point. Lana, la main sur le bras de Drew, rit à gorge déployée, et ce dernier marche dans son jeu. Je ne sais pas lequel des deux m'énerve le plus.

Je claque la porte derrière moi pour signaler ma présence, et tous les deux se tournent vers moi de concert.

Drew s'arrête instantanément de rire, tandis que Lana m'offre son regard le plus vicieux qu'il puisse exister. Elle laisse tomber sa main le long du bras de Drew, qui ne réagit pas, lui murmure quelques mots à l'oreille, alors que celui-ci me fixe, puis elle revient vers moi.

Je ne bronche pas lorsque Drew me tourne le dos sans aucun autre signe, et garde le visage complètement fermé devant une Lana fière et arrogante. J'ai la gerbe.

Le reste des vacances se déroule exactement de la même façon, Drew est devenu distant et ça m'agace, surtout quand je le vois laisser Lana jouer avec lui. Sans compter qu'elle aussi me tape vraiment sur les nerfs, avec ses provocations, à me traiter comme son petit toutou.

Un soir Drew m'envoie un message et me demande de venir au plus vite le voir chez lui. Je suis quand même inquiète, car même si nos rapports sont tendus, nous sommes toujours soudés.

Il m'explique alors que Lana a tout compris, qu'elle se doute de tout, de notre relation, de notre soi-disant petit jeu. À ces mots, je sors de mes gonds, prête à lui sauter à la gorge. Ce n'est pas un jeu, bordel, c'est la réalité, qu'est-ce que ça peut lui foutre à elle !

— Elle est amoureuse de toi ? Elle veut se faire sauter c'est ça ? dis-je en hurlant.

— Soni ! gronde-t-il, ne sois pas si vulgaire ! Je ne supporte pas ces femmes avec ce langage, surtout toi. Arrête de te faire des films comme ça. Elle a raison et tu le sais, c'est cela qui te blesse.

— Qui me blesse ? Tu te trompes ! C'est toi qui me blesses actuellement ! Elle a raison sur quoi ? On s'était mis d'accord, non ?

C'est la meilleure ça, Drew qui retourne sa veste de la sorte, alors qu'on était d'accord tous les deux pour cette relation. Mais à croire qu'à la moindre difficulté, monsieur préfère tout laisser tomber.

— Oui, mais elle a raison. Je le dis depuis le début, toi et moi nous n'avons rien à faire ensemble. Tu n'as pas encore dix-huit ans, j'en ai trente-cinq, je bosse pour ton père, c'est n'importe quoi ! Et puis, tu sais aussi bien que moi que je risque la prison si ça se sait.

On dirait qu'il se cherche des excuses pour donner raison à l'autre pouffe et ça m'insupporte. Qu'est-ce qu'il lui trouve, sérieux ?

— Personne ne le saura. Elle ne dira rien, elle te veut, c'est tout, je lui réponds en essayant de retrouver un peu mes esprits.

— Elle m'a menacé de tout dire à Clay, dit-il en baissant la tête.

— Et tu la crois ?

— Oui...

— Alors on fait quoi ?

Je me calme malgré le coup de sang que je viens d'avoir. Je ne veux pas jeter notre relation à la poubelle au premier désaccord, je veux nous laisser la chance de vivre cette idylle.

— Je pense que l'on va faire un *break*, c'est mieux pour toi, et pour moi.

— Pour elle oui !

Mon cœur se déchire, explose. La seule réponse que je redoutais, celle que je ne voulais pas entendre, Drew vient juste de la prononcer. Si j'avais pu avoir encore ne serait-ce qu'un bout d'espoir, il vient d'être réduit à néant en un seul mot.

Je dévisage Drew. Je veux rester forte, je ne veux pas qu'il me voie m'effondrer alors qu'il vient de piétiner mes sentiments et broyer ce qui me servait de cœur.

— Tu es sûr de toi là ?

— Oui...

Il me tourne le dos. Il ne voit pas à quel point je suis anéantie, blessée. Le sol se dérobe sous mes pieds, j'ai la sensation de m'enfoncer dans du sable mouvant, que mon corps va disparaître à jamais.

J'attends quelques secondes. Peut-être va-t-il revenir sur sa décision, se rendre compte que c'est du grand n'importe quoi, qu'on ne peut pas arrêter là. Mais rien ne vient, il reste immobile et silencieux, je comprends que je n'ai plus rien à faire ici.

— Tu le regretteras... lui dis-je quittant son appartement.

Je pars en courant sans demander mon reste. Je veux juste fuir loin d'ici, loin de cette douleur qui me ronge de l'intérieur. J'ai la haine, je lui en veux d'avoir pris peur, de ne pas assumer ses sentiments, ses actes, sa vie. Je voue pour lui une colère incroyable, innommable.

Margaux avait raison, je me suis bien plantée. Je pensais que nous étions bien plus forts que cela, mais je constate qu'au premier obstacle rencontré, toute notre histoire n'était basée que sur des branches de bois mort. J'en deviens à mes dépens, cet arbre desséché, déraciné, je n'ai plus ma sève pour grandir, m'épanouir, je ne sais plus où je vais, je suis pétrifiée de peur.

Tout ce que je veux, c'est oublier toute cette histoire, reprendre ma vie de lycéenne et faire comme s'il n'avait jamais existé. J'ai été bien bête de penser que ça pourrait marcher, et j'en paie le prix maintenant. J'ai mal, j'ai l'impression qu'on me broie tout entière, je me sens seule, vide, détruite.

Et j'aurais beau fuir, ou l'affronter, la réalité est la même. C'est ainsi que notre histoire s'achève…

Chapitre 16

Drew

Le soir même où j'ai annoncé notre rupture à Soni, je prends conscience de l'énorme connerie que je viens de faire. Je regrette amèrement ce choix, mais quel autre avais-je ? Je ne pouvais plus continuer, j'étouffais dans cette relation, à toujours mentir, me cacher, m'inventer une vie autre que la mienne pour Clay.

Tôt ou tard, je me serais perdu dans mes explications et ça me serait forcément retombé dessus. Je suis l'adulte, je suis celui qui décide, qui est censé être le plus mature des deux.

Maintenant que j'y repense, je n'aurais jamais dû entamer toute aventure autre que professionnelle avec elle. Je le savais depuis le début, mais cette femme, cette nana me fait tourner la tête, me la met complètement à l'envers.

Je me souviens de notre première rencontre, où immédiatement je me suis senti pousser des ailes. Elle m'a totalement, inéluctablement détourné de tous mes principes. Un nouveau Drew est né grâce à elle, je suis devenu un homme, un vrai, jusqu'à aujourd'hui.

Une part de moi regrette amèrement ce choix, se sent minable et complètement stupide, mais ma conscience me dit que j'ai fait le bon choix, et c'est cette dernière que je me dois d'écouter.

J'évite tout contact avec elle jusqu'à la fin de son stage, je refuse de la croiser, de l'apercevoir. Je ne peux pas, c'est trop dur, c'est inhumain de la savoir à quelques mètres de moi et de devoir l'esquiver de la sorte.

Pourtant je sais bien que si je la voyais, je ne pourrais pas résister, entre sa chevelure chocolat et ses magnifiques yeux de biche, je pourrais seulement craquer pour ce corps qui m'appelle, ce cœur qui me manque.

Je dois faire mon deuil et passer à autre chose, assumer ma décision, aussi douloureuse soit-elle, quel que soit le mal que cela me fait.

Puis, je dois aussi admettre que le dernier regard qu'elle m'a jeté a été pour moi assassin. En une fraction de seconde, elle m'a transmis plus de haine que je n'en ai reçu depuis bien longtemps.

J'ai beau avoir l'âme meurtrie par cette séparation, il m'est impossible de me la sortir de la tête. Même quand le cours des choses retombe dans la normalité, c'est elle et toujours elle.

Chaque fois que quelqu'un pousse la porte de l'atelier, je ne sais pas pourquoi, je me surprends à espérer que ce soit elle. Et bordel, pourquoi je ressens ce pincement au cœur quand je réalise qu'elle ne viendra pas, qu'elle ne viendra plus ? Pire, mes relations avec mes employés se détériorent. Je suis devenu agressif, j'aboie des ordres à tout va, je m'en prends à la première personne qui a le malheur de me contrarier.

Je ne me reconnais plus. Je n'ai jamais voulu être ce genre de patron et Clay commence à remarquer mon changement, même si je fais de mon mieux pour tempérer la situation.

Tout ça, c'est à cause de Lana. Même si sur le principe elle avait raison, je déteste la manière dont les choses se sont passées, son chantage et sa façon de parler de Soni. Je m'en tiens à lui parler boulot. Je la fuis comme la peste, la voir me rappelle Soni quittant mon appartement le cœur en miettes. Je ne peux pas, je ne veux pas me souvenir, ça fait trop mal.

Il m'arrive de la suivre encore à la sortie du lycée. J'ai l'impression d'être un pervers, un fou, pourtant j'ai besoin de la voir. Je sais pertinemment que mon comportement est pitoyable, seulement c'est plus fort que moi. Après tout, même si je ne veux plus interférer dans sa vie, rien ne m'empêche de l'observer. Je suis vraiment taré.

Elle se rapproche de plus en plus de son ami. Je la vois rire, s'amuser, faire des trucs de son âge. Même si je sais que c'est cette vie-là qu'il lui faut, une vie d'adolescente insouciante qui profite des plaisirs simples sans se préoccuper des problèmes que réserve le monde adulte, je ne peux m'empêcher de me dire que c'est avec moi qu'elle aurait dû être.

Ça fait mal, une douleur lancinante m'assaille la poitrine, je dois être maso. Je me torture volontairement à la voir heureuse sans moi. Putain, mais qu'est-ce qui cloche chez moi ?

Et comme chaque fois que je la suis, je rentre chez moi avec ma dose de souffrance, mon lot de remords, et juste un grand vide pour m'accueillir chez moi.

Je me sens seul dans cet appartement de verre. Son fantôme me hante, je la vois partout, je sens encore son parfum taquiner mes narines. Si je ferme les yeux et me concentre, je peux même sentir sa présence dans mon lit, notre lit.

J'ai l'impression d'être devenu un automate. Je me réservais pour la bonne, j'étais loin d'imaginer que celle qui peut nous apporter autant de bonheur peut également nous achever.

Heureusement, le travail me maintient en vie, je m'accroche désespérément au peu qu'il me reste. Des gens comptent sur moi, Clay aussi. Même s'il me rappelle constamment qu'il est cet obstacle entre sa fille et moi, il reste un second père pour moi et une personne formidable qui me soutient.

Un soir, alors que je me croyais seul dans les locaux, je finis mon travail sur ordinateur. J'ai pris l'habitude de travailler tard, et rentre chez moi seulement quand la nuit a bien avancé. Ça m'évite de trop cogiter et de tourner en rond dans cet appartement que je me suis mis à détester.

La porte s'ouvre et laisse paraître Lana. Je la fixe, surpris, et reste silencieux.

— Salut, Drew, j'ai besoin de toi pour que tu valides ce patron. J'ai un doute, regarde.

C'est alors qu'elle s'assied sur mon bureau sans la moindre gêne, écarte bien les jambes dans sa jupe bien trop serrée pour elle, afin de les croiser.

Je suis choqué, à quoi joue-t-elle ?

Je reste imperturbable et me plonge sur son problème, au lieu de plonger en elle comme Lana le suggère. Je commence à scruter son patron, et n'y décèle aucun problème, je ne vois pas ce qui cloche.

Je lève la tête pour lui demander quel est son souci, je la découvre penchée vers moi, son énorme poitrine en avant. Plutôt que d'allumer je ne sais quel fantasme, je songe instantanément aux petits seins fermes et si harmonieux de Soni.

Je recule dans mon siège et croise les bras sur mon torse, la toisant d'un air sérieux.

— Qu'est-ce que tu veux, Lana ? dis-je en balançant mon stylo sur le bureau.

— Ce que je veux ? Tu ne l'as donc toujours pas compris ?

Elle bat des cils exagérément, continuant de se trémousser sur mes papiers. Je comprends aussitôt qu'elle a tout fait pour foutre mon couple en l'air. Tout ce qu'elle voulait, c'était moi ? Soni avait raison, elle n'aurait sûrement pas parlé. Non, ce n'est pas possible que je me sois planté à ce point !

— Drew… Cela fait des mois que tu m'attires, que je fantasme sur toi tous les soirs. Avec cette petite sotte, il m'était impossible de te faire des avances, je ne voulais pas devoir m'éclipser face à elle.

— Mais je l'aimais, Lana ! je lui claque à la figure, furieux.

— Vous étiez vraiment ensemble alors ?

Elle se met à rire aux éclats, pas ce rire faux qu'elle m'a sorti ces dernières semaines, non, un rire grossier et sans aucun charme. Tout n'est que moquerie et mesquinerie dans ses mots, dans ses gestes. Si ce n'avait pas été une femme, je lui aurais volé dans les plumes sans me faire prier.

— Va-t'en ! je hurle.

Je la saisis par le bras et la tire. Elle trébuche, perchée sur ses douze centimètres. Je m'en fous, je veux juste qu'elle dégage. Je la traîne jusqu'à la porte de mon bureau, la pousse et claque la porte.

Je l'entends pester derrière le mur. Je l'invective pour qu'elle parte loin d'ici, qu'elle me foute la paix et cesse de me pourrir la vie.

Quand enfin je n'entends plus rien, que seul le silence me tient compagnie, je me laisse glisser le long du mur lourdement. Je prends ma tête dans mes mains et verse toutes les larmes de mon corps, tant retenues.

Je pensais que cette histoire s'arrêterait là, qu'elle aurait honte de son comportement, je la sous-estimais. C'est une véritable garce manipulatrice et je m'en veux de ne pas m'en être rendu compte avant.

Les jours suivants, Lana ne se présente plus au travail et je ne m'en porte pas plus mal. Je ne veux plus avoir à faire à cette femme, à ses coups foireux et sa perversité.

Malgré ça, je n'arrive pas à me reprendre en main, à faire face à tout ça. Moi qui sortais de grands discours sur la vie adulte à Soni, au final, je ne suis même pas capable d'agir comme tel.

Chapitre 17

Soni

Depuis que Drew a mis un terme à notre histoire, je ne sais plus où j'en suis. J'ai l'impression qu'on a détruit chaque parcelle de mon cœur qui était en vie. Mon corps bouge, j'agis comme d'habitude, mais au fond de moi je suis morte.

Quand j'ai repris les cours, j'ai hésité un moment à tout dire à Margaux. Cependant elle a très vite vu que je n'étais pas comme à mon habitude. Elle m'a fait cracher le morceau. J'ai fondu en larmes dans ses bras, rien que d'en parler, la douleur se ravivait.

Heureusement qu'elle est là. Grâce à son soutien, je n'ai pas sombré, j'ai continué à avancer même si mon âme s'est éteinte. Elle m'oblige à sortir entre potes, elle sait exactement ce dont j'ai besoin pour cesser de broyer du noir, elle m'empêche de sombrer totalement.

Du coup, je profite de ces moments, et j'apprécie particulièrement la présence d'Aurélien à mes côtés. Il est toujours aux petits soins pour moi, veille à ce que je ne manque de rien. Il est adorable, je me sens bien en sa compagnie, même si je ne suis pas prête à envisager une nouvelle relation, parce qu'il n'y a encore et toujours que Drew dans mon esprit et dans ce morceau de cœur qu'il me reste, passer du temps avec Aurélien m'aide à guérir.

C'est pourquoi ce vendredi, quand Margaux nous a proposé à la bande et moi de sortir se balader en ville, j'ai accepté. Rire avec mes amis et m'amuser avec eux, voilà ce qu'il me faut en ce moment.

— Tu te dépêches, Soni ? me lance Margaux.

— J'arrive !

Je me hâte de ranger mes affaires dans mon sac et la rejoins à la sortie du lycée, avec tous nos amis.

— Bon, on commence par quoi ? On va se boire un verre ? Faire un billard ? Un baby-foot ? demande Margaux à l'attention générale.

— Je suis partante pour un billard ! je réponds, enthousiaste.

Les autres acquiescent également, nous voilà partis pour un après-midi entre potes, à ne penser à rien d'autre qu'à s'amuser.

Sur la route, Aurélien marche près de moi. Les autres partent devant, je vois Margaux me faire un clin d'œil, puis partir avec le reste de la troupe.

Même s'il est très gentil et plutôt mignon, je reste mal à l'aise en compagnie d'Aurélien. Je ne sais jamais quoi lui dire, je ne voudrais pas qu'il se fasse des idées.

— Alors, prête à te faire battre ? me dit-il, souriant.

— On verra bien, je suis sûre que je gagne !

— Tu es bien sûre de toi, dis donc ! rit-il.

Il a un rire agréable à entendre, ni trop bruyant, ni trop discret, juste ce qu'il faut, un vrai rire, sincère et franc.

Immédiatement, cela me rappelle le son du rire de Drew, et une vague de nostalgie douloureuse me traverse. Son visage, son sourire, ses fossettes... Le manque revient de plein fouet, j'accuse le coup en grimaçant.

— Tout va bien, Soni ? me demande Aurélien, inquiet devant mon changement de comportement.

Je veux lui répondre, mais je suffoque, le mal s'empare de moi, je cherche mes mots en vain. Mes yeux me piquent. Non, je ne peux pas pleurer, pas encore, pas devant lui. Je secoue la tête pour chasser tout ça. J'enferme toute ma souffrance bien au fond, dans une bulle hermétique, il le faut.

— Tu sais, si tu as besoin de parler, je suis là, m'encourage-t-il.

— C'est gentil, mais ça va.

Je lui sors mon sourire de façade, celui qui masque mon chagrin, pour le rassurer et surtout qu'il n'insiste pas. Je ne veux pas craquer, plus maintenant, tout ça, c'est du passé.

— Alors, allons faire la partie de billard du siècle !

Je le remercie intérieurement de ne pas insister et entre avec lui dans le café où nos amis nous attendent déjà.

— Ben vous en avez mis du temps, dit Margaux en laissant appuyer son regard sur nous.

Je lui fais signe de la tête, pour lui faire comprendre que c'est l'inverse de ce qu'elle imagine, alors elle se précipite à changer de sujet et enfin notre après-midi peut commencer.

En rentrant chez moi, je suis épuisée. Je rêve de plonger sous la douche, laisser l'eau glisser sur mon corps et évacuer toute cette tension qui me courbature.

Je pose mes affaires dans l'entrée, quand j'entends papa parler. Je tends l'oreille, je devine qu'il parle boulot. Je m'approche pour aller l'embrasser, mais je stoppe net aux mots « Drew » et « Lana ».

Comment peuvent-ils encore arriver à me pourrir la vie jusqu'à chez moi ? Ce n'est pas possible, merde ! Je veux juste la paix, je veux l'oublier lui et ses belles paroles, ses grands discours, et tout ce qu'il m'a fait vivre et ressentir.

— Ah, Soni, tu es rentrée, ma chérie. Comment vas-tu ?

Le sol se dérobe sous mes pieds, j'ai le vertige et la nausée, mais comment lui dire ? À lui aussi, je dois sortir ma plus belle comédie, parce qu'il ne sait pas, et il ne doit pas, jamais savoir.

— Fatiguée, et toi, papa ?

— J'ai connu mieux, l'ambiance au boulot n'est pas géniale, Lana est absente depuis deux jours sans nouvelles, et Drew…

À l'évocation de son nom, je me raidis, je ne suis pas assez forte pour avoir cette discussion avec mon père, je risque de m'effondrer.

— Je suis désolée pour toi, papa. Je monte prendre une douche et j'irai directement me coucher, bonne soirée.

Je l'embrasse comme je le fais toujours et fuis le plus vite possible avant d'avoir à subir un interrogatoire ou une conversation que je ne peux affronter.

Après ma douche, j'enfile un jogging et un débardeur en guise de pyjama, m'écroule sur mon lit, téléphone en main. Je ne devrais pas faire ce que je vais faire, mais c'est plus fort que moi, j'en ai besoin.

Je clique sur les photos, et celles avec Drew s'affichent. Je revois nos instants à Rocamadour, nous étions si heureux, loin de tout, savourant simplement le moment présent.

Des perles salées s'échappent sans mon consentement sur mes joues, elles dévalent et défigurent mon visage. Je ne les retiens pas. Ce soir, je veux juste me laisser aller à ma peine, laisser cette douleur m'envahir sans devoir lutter.

Il me manque, j'ai besoin de lui, je l'aime, malgré ce qu'il m'a fait. Pourquoi le destin s'acharne-t-il sur nous de cette manière ? Qu'avons-nous fait pour mériter ça ?

Je m'endors, épuisée par ces derniers jours à jouer un rôle qui ne me convient pas. Je m'enfonce dans un sommeil sans rêves, paisible.

Chapitre 18

Drew

Lundi matin, je me présente au travail comme toujours, après un week-end à me morfondre et à déprimer. Samedi soir, je suis allé au bar. Je ne me rappelle plus grand-chose si ce n'est d'avoir bu un ou deux verres de trop. Le barman m'a gentiment écouté me plaindre de ma vie une bonne partie de la soirée, avant de m'appeler un taxi pour me ramener chez moi.

Dimanche, je suis parti courir, encore, pour purifier mon corps de tout cet alcool que j'avais ingurgité la veille. J'ai passé le reste de la journée avachi sur le canapé, à zapper les chaînes à la télé, que je ne regarde habituellement jamais.

Vers onze heures, alors que je bosse sur un nouveau modèle, Clay me demande dans son bureau, mais étrangement le message m'est transféré par sa secrétaire.

Je ferme mes dossiers et me rends à son bureau, avec une mauvaise sensation. Je toque, et en entrant, je découvre un Clay au visage fermé et contrarié. Je ne prends pas la peine de m'asseoir, ça ne sent pas bon.

— Je n'irai pas par quatre chemins : Lana est venue me trouver ce matin ici même et m'a expliqué la raison de son absence. Elle t'accuse de harcèlement sexuel... Je pense l'avoir convaincue de ne pas porter plainte, mais je souhaite que tu ne l'approches plus.

Alors là, si je m'attendais à ça, je suis sur le cul. La fourbe, elle est encore une fois allée retourner la situation à son avantage.

— Clay, tu sais que c'est faux ! C'est elle qui m'a sauté dessus à la débauche, je n'ai rien fait, de plus. J'ignorais totalement à quoi elle jouait.

— Je n'ai pas d'avis sur ce qui s'est passé, et je préfère ne pas y penser, me dit-il baissant la tête.

Je sors de son bureau, inutile d'insister. Quoi que je puisse dire, il n'en entendra pas davantage. Je suis dépité et énervé. Elle a non seulement réussi à mettre la pagaille entre Soni et moi, et maintenant Clay. Rien ne l'arrête !

Je comprends alors qu'après la fille, je suis en train de perdre le père. Mais merde, c'est quoi ce bordel, pourquoi le sort s'acharne-t-il autant sur moi ?

Pour Soni, c'est ma connerie, j'aurais dû la croire, j'aurais dû lui faire confiance, je ne suis qu'un con. Mais pour Lana et ce soi-disant « harcèlement », là, je suis au bout de ma vie. Je ne m'attendais vraiment pas à ce coup de couteau dans le dos.

Les jours suivants, l'ambiance devient tendue entre Clay et moi. J'avais réussi à arranger la situation avec les employés, et maintenant il faut que ce soit ma relation avec lui qui se détériore. À croire que je n'aurais jamais la paix, que même au boulot, il faut que ça merde.

Lana finit par réapparaître dans les locaux, et ce n'est pas pour me plaire. Savoir qu'une manipulatrice rôde, prête à détruire ce qu'il me reste m'irrite prodigieusement.

Elle me jette des regards qui veulent tout dire, de me méfier, de m'attendre au prochain coup. Je suis sans cesse sur mes gardes, c'est fatigant de toujours devoir être sur le qui-vive.

Et pire encore, comment elle se joue des autres, à faire la petite chose fragile. S'ils savaient ce qu'elle est capable de faire, ils ne la plaindraient pas.

Clay ne me propose plus de dîner chez lui depuis un moment déjà, il croit sans doute encore à cette histoire montée de toutes pièces sur une potentielle femme partageant ma vie. Et cette histoire avec Lana n'a fait qu'aggraver la chose, nos rapports ne sont pas des plus chaleureux.

Je n'ai plus besoin de mentir sur ma relation avec Soni, et je n'en peux plus de mentir. La prochaine fois, je lui dirai que je suis à cent pour cent disponible pour le boulot. Je préfère encore me tuer à la tâche plutôt que de faire semblant d'avoir une vie que je n'ai pas.

Peut-être que de cette façon, nous pourrions essayer de renouer un peu le contact. Je me suis déjà mis la fille à dos, je ne veux pas en plus avoir le père contre moi. Ce serait une situation bien trop malsaine. Je me verrais dans l'obligation de quitter mon poste, ce n'est vraiment pas ce que je souhaite.

Fin de semaine, nous avons une réunion avec les employés. La *Fashion Week* approche, il nous faut mettre au point tous les détails, nous n'avons pas le droit à l'erreur.

À la fin de la séance, je profite de voir Clay seul à seul. Après avoir cogité toute la nuit, je me suis enfin décidé sur quoi lui dire.

— Clay, peut-on parler un instant ?

— Je t'écoute, Drew, me répond-il sans lever la tête de ses dossiers.

— Écoute, pour l'histoire avec Lana, je sais que tu ne peux pas prendre parti, pour l'un ou pour l'autre, et ce n'est pas ce que je te demande. Tout ce que je voudrais, c'est que tu me croies lorsque je te dis que je ne suis pas ce genre d'homme. Je pense que tu me connais suffisamment pour savoir que je ne mens pas. Je passerai encore plus de temps au travail, je suis libre de toute façon, et nous avons beaucoup de boulot, ce ne sera pas un mal.

— Justement Drew, l'homme à qui je voulais confier les rênes de la maison Parks, celui avec qui j'ai travaillé toute cette année, je ne le reconnais plus. Regarde-toi, tu te laisses aller, tu te présentes au travail avec un style débraillé. Tu crois vraiment que ça fait bonne impression aux employés, surtout dans le domaine de la mode ? Je suis fatigué, Drew, j'ai passé l'âge des enfantillages. Je ne veux plus entendre parler de cette affaire.

À ses mots, je prends un uppercut en pleine face, tellement le choc est grand. Ça fait mal, pourtant, il a entièrement raison. J'étais centré sur mes problèmes, sur mon malheur, et j'en ai délaissé tout le reste. Je me voilais la face en passant tout mon temps au boulot, mais dans quel état ? Clay a raison, si je ne montre pas l'exemple, comment puis-je gagner le respect de mes employés ?

Je me suis laissé aller ces derniers temps, je n'avais plus envie de rien, même Clay en est venu à ne plus le supporter. Je déçois tout le monde. En voulant faire de mon mieux, je ne fais que m'enfoncer davantage.

Qu'est-ce que je peux bien faire maintenant ? Je n'ai même plus envie de me battre, plus rien pour me tenir debout et me faire avancer.

Je voudrais juste retourner quelques semaines en arrière, où tout était simple. Nous étions heureux avec Soni, ma relation avec Clay était bonne, l'ambiance au boulot était au beau fixe. Quand est-ce que ça a foiré ?

Chapitre 19

Soni

Je sors de ma chambre après avoir pris une douche, je commence à descendre les escaliers quand j'entends des murmures venant du salon. Pourquoi mes parents parlent si bas ? Que me cachent-ils ? Il me semble comprendre que Drew a un gros problème avec Lana, j'entends les mots « dramatique — silence ». Je décide d'en savoir plus, cette fois je ne vais pas esquiver, ça paraît trop important. Je finis de descendre les quelques marches qui me séparent d'eux et de la vérité.

Mes parents se taisent instantanément à mon arrivée. Je sens le malaise, les regarde tour à tour, mais aucun d'eux ne prononce un mot. Je prends donc les devants.

— Je vous ai entendus, enfin plus ou moins… Que se passe-t-il ?

— Rien qui ne te concerne, me lance mon père sévèrement.

— Ah bon ? Je pensais qu'il était important que Drew et moi soyons proches, et je vois que tu me caches des choses sur lui, faudrait savoir !

Mon père secoue la tête, et finit par admettre que j'ai raison dans mes propos. Il grogne, maman le prend par les épaules et l'incite à me raconter. Il me dit dans les grandes lignes les faits.

— Lana a accusé Drew de harcèlement sexuel. Drew dément, et moi, je suis au milieu, à essayer d'éviter que tout ça s'ébruite. J'ai interdit Drew d'approcher Lana, elle a refusé de venir travailler plusieurs jours, à cause de ce qu'il s'est peut-être passé. Drew est censé reprendre la maison Parks, mais si l'affaire venait à être connue de tous, il pourrait dire adieu à sa place.

Je suis estomaquée. Heureusement que je suis assise, sinon je pense que je serais tombée à la renverse. Cela me paraît impensable, inimaginable que Drew soit capable de tels actes, je n'en crois pas un mot et le dis illico à mon père.

— C'est impossible que Drew ait fait ça ! Il en est incapable ! Enfin papa, tu le connais, tu travailles avec lui depuis plus d'un an, ce n'est pas quelqu'un comme ça !

— Je sais, Soni, calme-toi, les choses sont loin d'être aussi simples ! Nous n'avons aucune preuve que c'est vrai ou que ça ne l'est pas, et même si je ne doute pas de la sincérité de Drew, si Lana vient à porter plainte, toute l'entreprise pourrait en pâtir.

— Vire Lana ! C'est elle le problème ! je m'emporte.

— Stop, Soni, ça suffit. Et baisse d'un ton s'il te plaît, je reste ton père. On peut discuter de tout, mais avec respect, jeune fille.

Il soupire, je me tais, mais le sang dans mes veines boue. J'ai juste envie d'aller à l'atelier et d'étriper l'autre folle. Non seulement elle fait du tort à Drew, mais en plus elle se permet de menacer la réputation de la maison Parks, la notoriété que mon père a durement gagnée durant toute une vie.

— Bon changeons de sujet, je n'ai jamais eu à faire face à un tel problème. Je préfère penser à autre chose pour ce soir, me dit-il.

— Oui tu as raison, Papounet, parlons d'autre chose.

— Comme tu le sais, nous avons la *Fashion Week* dans deux semaines. J'aimerais que tu viennes nous aider à faire l'inventaire de la collection pour que tout soit prêt pour le départ.

— C'est-à-dire ? À l'atelier ? demandé-je.

— Oui, où d'autre ? m'interroge-t-il du regard.

— Mais quand ?

— Je te dirai ça, ne t'en fais pas, ça n'a rien d'exceptionnel, simplement je veux éviter le face à face Drew/Lana pour le moment. Je préfère que ce soit toi, me dit-il.

Comme si lui et moi le pouvions ! Comment vais-je faire ? Je ne peux refuser la demande de mon père, il a besoin de moi. C'est la première fois qu'il a cette chance de participer à ce grand événement, je dois l'aider, Drew ou pas Drew. Je dois me montrer plus adulte et travailler à l'atelier me fera sans doute le plus grand bien.

Nous sommes à une semaine du départ pour Paris. Enfin, moi je ne pense pas y aller, il ne faut pas me demander l'impossible non plus. Cependant, je décide malgré mes peurs et ma colère, d'aller aider à tout préparer.

Bien sûr, Drew est là, je le vois courir dans tous les sens, à ne plus savoir où donner de la tête. Lana et lui ne se croisent pas, elle est toujours envoyée à l'opposé de lui, dans le ballet pressé des employés.

Sans un mot, je me dirige là ou papa m'a demandé d'aller, liste en main. J'appréhende un peu, car Drew a disparu de mon champ de vision depuis déjà plusieurs minutes.

Je pousse la porte et fais un tour d'horizon. Ouf, Drew ne sera pas dans la même pièce à faire l'inventaire, ce qui me va très bien. Je me mets au travail sans plus attendre, répertoriant les pièces, les ensembles, les accessoires qui doivent partir.

Je reviens dans l'*open-space*. Drew est là. L'espace d'une seconde, nos regards se croisent. Mon cœur se serre, je me dépêche de retourner à mes occupations.

J'ai pu constater qu'il ne se rasait plus la barbe, que ses cheveux commençaient à être longs. Papa, lors de notre dernier petit-déjeuner dominical, m'en avait parlé. Il a raison, son protégé devrait se reprendre en main. Bref, cela ne me regarde plus, voire ne m'a jamais regardée.

Toutes les préparations se font dans un silence à faire peur, nous sommes tous concentrés sur nos tâches à exécuter. Cet événement est le plus gros challenge de la maison Parks, tout doit être parfait, irréprochable.

Nous sommes à deux jours de terminés, quand mon père décide de fêter cela et de nous remercier pour notre travail acharné. Il a voulu organiser un apéro dînatoire, à la plus grande joie de tous.

Il a toujours eu cette qualité de savoir encourager son équipe et de récompenser le travail fourni. Même en tant qu'époux et père, il n'a jamais failli à la générosité. Même s'il peut paraître dur ou sévère parfois, c'est un homme bon et juste. Pour moi, il est vraiment parfait.

Cette soirée-là m'a paru interminable. Tous les employés discutent, se détendent, partagent ce moment pour souffler et rire. L'ambiance est au rendez-vous, mais j'ai juste envie qu'elle se termine le plus vite possible.

Restant dans mon coin, cherchant à tout prix à me cacher de Drew, j'ai cru ne jamais rentrer chez moi. Quand il s'agit de couture, je me sens totalement à l'aise, à ma place au milieu de tous ces gens, mais quand il s'agit de discuter de la vie de tous les jours, je sens bien que je ne suis pas à ma place. Nous n'avons pas les mêmes centres d'intérêt, pas les mêmes loisirs ni même des préoccupations communes.

De toute façon, je n'ai pas sympathisé plus que ça avec les employés de papa, nous nous entendons bien pour le travail, mais ça s'arrête là. Il n'y a personne pour me parler, les gens sont dans leurs conversations, je ne fais pas l'effort de m'intégrer. Même mes parents sont trop occupés, je ne cherche pas à attirer l'attention.

Heureusement, Lana n'est pas venue, ce qui nous évite un stress supplémentaire. J'ai bien vu que papa était plus détendu, qu'il profitait de la soirée, ce qui est devenu très rare depuis déjà quelques mois.

Le plus grand supplice, c'est de devoir être dans la même pièce que Drew, le croiser, le frôler, et jouer l'indifférente. Il semble s'être repris en main, il avance dans sa vie, je dois en faire de même.

Toujours couchée, lovée dans ma couette chaude, dans un état de semi-sommeil, d'un coup, papa rentre en trombe dans celle-ci sans même frapper à la porte. Il allume la lumière, j'ai à peine ouvert les yeux que…

— Debout, et dans cinq minutes, je te veux en bas, discute pas ! me hurle-t-il dessus.

Il est devenu fou ou quoi ? Me crier dessus comme ça dès le matin, il veut ma mort ! Quelle mouche a bien pu le piquer ! La soirée s'est finie tard hier, je veux dormir.

Je descends, encore ensommeillée, légèrement titubante, je sais qu'il vaut mieux obéir quand il est comme ça, mais il a tout de même intérêt à avoir une bonne raison pour m'avoir fait ça. Drew est là, dans mon salon, à faire les cent pas. Merde, que fait-il ici à sept heures du matin ? Qu'est-ce que c'est que toute cette histoire encore ?

— Assieds-toi ! me dit mon père, toujours sur le même ton.

— Pourquoi ? Vous êtes debout, vous ! Qu'est-ce qui te prend ?

— Assieds-toi, Soni, je ne me répéterai pas !

— Pff OK OK, faut se détendre, trop de pression là...

— Soni, obéis, me lance ma mère.

Là ça pue. Si maman prend la parole, ça craint vraiment... Drew a-t-il tout avoué de ce qui s'est passé entre nous ? Et pourquoi ? Dans quel but ? C'est fini entre nous, je ne comprends pas là.

— Drew est allé à l'atelier ce matin... me dit mon père.

— OK et ?

— Soni, tais-toi, tu vas te prendre une gifle, que tu sois ma fille ou pas, je ne peux pas tolérer cela.

Je décide de me taire, je sens que ce n'est pas le moment de le provoquer. Je reste assise sagement et écoute.

— Quelqu'un a tout découpé, toutes les pièces sont en lambeaux, les accessoires en morceaux, il n'y a plus rien ! Plus rien ! Des mois de travail, des prises de rendez-vous, des mannequins embauchés pour cette occasion... Une ruine pour moi ! Pourquoi tu me fais ça, Soni, qu'est-ce que je t'ai fait ?

Papa pleure à chaudes larmes, je ne comprends pas ce qu'il me dit. Le temps d'assimiler ses paroles. Pourquoi il m'accuse moi, sa fille ? Que s'est-il passé ?

— Dis quelque chose au moins ! me lance-t-il.

— Je veux bien, mais pour dire quoi, papa ? Je suis atterrée de tout ce que tu me dis là, je ne savais pas... Je ne comprends pas pourquoi tu me demandes ce que je t'ai fait.

— Je sais que c'est toi, ton collier, où est-il ?

Je passe ma main sur mon cou et remarque qu'il n'est pas là, je ne l'ai jamais quitté. J'ai beau réfléchir, impossible de savoir quand j'aurais pu le perdre. Je ne le sentais plus autour de mon cou tant c'était habituel de le porter.

— Il était dans un des camions prêts à partir ce matin, me dit-il, l'air dégoûté.

À ces mots, papa m'achève. Je n'en crois pas mes oreilles ! OK il y a mon collier, mais il ne pense quand même pas sérieusement que j'ai pu lui faire ça !

— Tu penses sincèrement que c'est moi ?

Je fusille du regard Drew qui se tient là, témoin de la scène, lui aussi, semblant penser que je suis la coupable.

Maman ne dit mot et pleure discrètement dans son coin, je comprends alors que, pour les trois, je suis à l'origine de ce carnage.

Le cœur brisé comme si plus rien n'existait, que plus rien n'avait d'importance, je me relève avec grande peine, ne tenant pas sur mes jambes.

— Tu es virée, Soni, je ne te veux plus dans ma société, ni jamais. J'ai honte de toi, je suis déçu. Je ne te vire pas de la maison et pour cela tu peux remercier ta mère, me balance-t-il sèchement. J'annule ton anniversaire, et dans deux semaines, tu pars à New York pour une année en stage dans le domaine de la couture. Il n'y aura aucune fuite venant de nous, mais tu devras te débrouiller par tes propres moyens pour trouver un poste. Je ne ferai plus rien pour toi.

Je ne réponds rien, je me contente d'acquiescer, le regard dans le vide, choquée et désemparée.

Sans me détourner, je pars dans ma chambre, m'effondrer sur mon lit. Je ne veux plus leur parler, ni les voir. Je les déteste, aucun d'eux ne me fait confiance, je suis définitivement seule et à jamais.

Blessée que mon père m'accuse, que ma mère ne prenne pas ma défense, que Drew reste silencieux… Une fois de plus, alors que je me relevais, je me sens de nouveau m'enfoncer.

Je n'ai jamais douté de Drew pour son affaire avec Lana, mais lui, encore une fois, me déçoit comme personne. Je n'ai personne de mon côté, personne pour me soutenir ou m'épauler. Je n'ai qu'une hâte : partir loin d'ici. Et bientôt mon vœu sera exaucé.

Chapitre 20

Drew

Je m'en veux de ne pas avoir plus foi en Soni, je ne pensais pas qu'elle serait capable d'aller jusque-là, de blesser son père de cette façon. Je sais qu'elle m'en veut, ou peut-être qu'elle est passée à autre chose, mais alors pourquoi ? Être en colère est un fait, mais de là à saccager tant de travail, tant d'efforts, et dans quel but ?

Le pire, c'est qu'elle a tout perdu, et que cela m'affecte vraiment. Je ne devrais pas, je devrais lui en vouloir, car ce sont aussi mes œuvres, mon but ultime de participer à la *Fashion Week*.

Pourtant elle n'a pensé qu'à elle. Je lui en veux et je m'en veux de ne pas lui accorder le moindre doute. Seulement, tout l'accable, les faits sont là. Elle avait une raison, la colère. Les moyens…

Et les preuves sont toutes là, son collier préféré présent sur les lieux, sans dire qu'elle a été vue par John, celui-ci l'a vue quitter le camion en dernier.

Elle va bientôt partir… Ça me fait mal, mais je n'ai pas le courage de l'appeler, de l'entendre. Puis, pour dire quoi ? Elle ne s'est même pas défendue, et « qui ne dit mot consent », non ?

Je sais que Clay ne lui adresse plus la parole et qu'il ne faut plus prononcer son prénom. Je trouve cela un peu limite, elle reste sa fille malgré tout, il peut lui en vouloir, mais la renier de cette manière, c'est un peu radical.

J'aimerais arranger la situation, la leur, mais comment faire ? Cela ne me regarde pas en plus. Il y a quelque temps, ma propre relation avec Clay laissait à désirer, sans parler de celle avec Soni, pour laquelle c'est le vide sidéral.

Ça fait deux semaines que j'erre, à me morfondre, à sentir que quelque chose n'est pas clair dans cette affaire. Seulement, entre tous les préparatifs à refaire, les inventaires, l'effervescence et l'interdiction de Clay de parler de Soni, je n'arrive pas à mettre le doigt sur ce qui cloche.

Soni part demain, je n'arrive pas à me faire à cette idée, pour moi ce n'est pas possible qu'elle parte à des milliers de kilomètres de moi. Même si nous ne sommes plus ensemble, sans m'en apercevoir, la savoir proche de moi me rassurait, me donnait de l'espoir.

Au fond de moi, je sais que je ne l'ai pas oubliée. J'ai repris ma vie en main, j'ai fait bonne figure, je me suis obligé à aller de l'avant. Je n'ai en fait que retardé l'inévitable, le manque d'elle me tord toujours les tripes.

Je reste concentré sur le travail, ça m'évite de cogiter et de replonger dans le vice. Je dirige, je commande, je supervise, tout est fait dans le *speed*.

Je remarque quand même que John m'évite. J'essaie à plusieurs reprises de lui parler, mais en vain, ce mec est une tombe. Son comportement est étrange, mais je n'ai pas le temps d'en faire cas.

Lana est revenue à la charge et m'a nargué de m'avoir prévenu. Une fois de plus, je lui ai claqué la porte au nez. Elle va peut-être finir par comprendre le message à force ! Je ne veux plus avoir à faire à elle, qu'elle me fiche la paix, bon sang !

Le matin du départ de Soni, John arrive avant les autres et demande à me voir dans mon bureau. Il est stressé, jette des coups d'œil furtifs derrière lui avant de fermer la porte.

Je l'invite à s'asseoir, il décline, s'agite beaucoup. J'inspire un grand coup et l'incite à parler.

— C'est… Je… Enfin… Lana…

— Calme-toi, John, et essaie d'aligner plus de deux mots, s'il te plaît, tu es incompréhensible là, je tente de le rassurer.

— Lana m'a demandé de dire que j'avais vu Soni descendre du camion en dernier. Mais en fait, je ne l'ai jamais vue, c'était Lana qui en est sortie…

— C'est une blague ? je demande, le plus sérieusement du monde.

— Je, vous savez, Lana, je l'aime depuis longtemps, quand elle m'a demandé ça, je n'ai pas réfléchi, j'ai juste obéi.

— Tu te rends compte de ce que tu as fait ? Accuser quelqu'un de dommages sur les travaux de l'entreprise !

— Non ! Quand elle m'a demandé ça, tout était encore en ordre. Je n'imaginais pas qu'elle ferait ça, je n'y ai pas songé une seule seconde ! Je m'en veux beaucoup, c'est pour ça que je suis venu vous en parler dès que j'ai compris.

John baisse la tête, il a l'air de se sentir vraiment coupable, et moi, je suis abasourdi par la nouvelle. Une rage grandit en moi.

Je le savais, putain ! Je savais que Soni était incapable de faire ça ! Le voilà, le coup de couteau. J'ai eu beau me méfier, je ne l'ai pas vu venir, et elle m'a encore eu en beauté. Je finirai par me venger de Lana, je le garantis !

Je me précipite à la rencontre de Clay et lui demande l'heure du départ du vol de Soni. Il me répond « dans vingt minutes », je n'y serai jamais ! Je ne prends même pas la peine d'expliquer à Clay ce que je viens d'apprendre, il faut que je rattrape Soni.

Dans ma berline, j'appuie à fond sur la pédale, grille les feux rouges, prends des risques incroyables. Je suis fou, fou de colère ! J'appelle en *Bluetooth* Clay, qui ne comprend rien à mon agitation soudaine, et lui explique toute la situation.

La surprise passée, il me rassure et m'assure qu'il va s'expliquer avec John et Lana.

— Vire la Clay, sinon je quitte la maison Parks ! Elle nous a suffisamment pourri l'existence ! lui dis-je en raccrochant.

J'arrive à l'aéroport, fourre mon téléphone dans ma poche en pestant. Elle ne décroche pas, bordel !

Je lève la tête pour regarder sur les panneaux si son avion a décollé ou non, et surtout savoir dans quelle direction je dois foncer. Là, je le vois ! Il va décoller !

Je cours, je bouscule la foule, ne prends même pas le temps de m'excuser. Il faut que je la rattrape, c'est tout ce que j'ai en tête. On essaie de m'arrêter, qui, quoi, je ne sais pas, je me débats et cours jusque sur la piste. Les réacteurs sont lancés, je ne peux plus rien faire. Je cours, je hurle, mais je suis arrivé trop tard.

Je reste planté là, jusqu'à ce que la sécurité vienne me rattraper et me ramène dans le hall. Je ne me débats même pas, j'ai l'impression qu'on vient de m'arracher une part de moi, en même temps que cet avion a quitté la terre ferme.

Mon téléphone sonne dans ma poche. Je l'entends, mais je ne décroche pas. Je reste immobile, au milieu de la foule mouvante de passagers et de voyageurs, à attendre le prochain vol...

Chapitre 21

Soni

Arrivée à New York après un vol de huit heures à ressasser, je monte dans un taxi et m'installe tranquillement dans mon appartement. Tout est froid, blanc, triste, terne, tout comme moi. J'aurais pu être heureuse de vivre dans cette ville dans d'autres circonstances, de voir *Wall Street* ou *Central Park*, de monter dans ces fameux taxis jaunes qui servent de posters en Europe.

Mais la situation actuelle n'a rien de réjouissant. Je sens que je n'ai pas fini de pleurer ici. De toute façon, où que je sois, je sais que plus rien ne pourra combler tout ce que l'on vient de m'enlever, de m'arracher.

J'avais tout, je n'ai plus rien, sans comprendre pourquoi le ciel s'effondre sur moi. Je n'en reviens pas qu'aucune des trois personnes que j'aime le plus au monde, ne m'ait fait confiance.

Je suis une femme anéantie, morte à l'intérieur. Plus rien à quoi m'accrocher, plus personne. Même Margaux se trouve maintenant à des milliers de kilomètres, je n'ai même pas pu la prévenir de mon départ forcé. J'ai évité tous ses appels, ses SMS. J'ai honte, mais je n'avais pas la force de lui dire au revoir. De lui dire de quoi l'on m'accusait à tort. Je suis lâche sur le coup. Un défaut de plus ou de moins, je ne suis plus à ça près.

J'ai déballé quelques cartons, le strict minimum à vrai dire. Juste de quoi me faire à manger, quelques fringues, pas de déco, pas d'effets personnels. Pour quoi faire ? C'est inutile, superflu. Je décide de faire quelques courses, ainsi je n'aurai plus besoin de sortir cette semaine, avant de commencer mon stage. Je ne veux pas avoir à affronter la foule plus que nécessaire, je veux juste rester avec ma solitude.

Je flâne sans conviction dans les rues, je ne prête pas attention aux passants, me fais bousculer. Ça m'est égal, plus rien n'a d'importance.

Devant une vitrine, j'aperçois des chatons miaulant, grattant la vitre, orphelins, ne demandant qu'une chose, de l'amour. Je rentre, interpellée et curieuse, puis craque pour une petite boule de poils noire, avec des rayures dorées. Il m'adopte lui aussi immédiatement. Je reçois une affection incroyable en quelques secondes. Je crois que j'en avais tellement besoin, que j'imagine sûrement à moitié tout l'amour qu'il m'apporte à cet instant.

Je les aurais tous adoptés si j'avais pu, mais je dois rester sérieuse et réaliste, je ne serai que peu présente à l'appartement. Je ne veux pas prendre d'animaux pour les délaisser.

Quoi que l'on puisse dire de moi, je sais qui je suis.

— Tu t'appelleras Plume, lui dis-je à l'oreille. Ma meilleure amie Margaux m'appelait comme ça lorsque nous étions enfants, car je n'étais pas bien grosse.

Il ronronne fort et se frotte à ma joue, m'arrachant un petit sourire. Je le serre contre moi. Nous allons devenir de grands amis tous les deux, j'en suis sûre !

Nous rentrons tous les deux dans notre demeure, dépourvue de vie, qui me semble immense pour moi seule, et bien vide avec le peu de mobilier que j'y ai installé.

Je regarde Plume vagabonder pour visiter sa nouvelle maison. Peut-être qu'à deux le moral remontera. Je lui installe sa gamelle et lui verse les croquettes préalablement achetées au magasin. Tout hésitant il se dirige vers celles-ci. Ce chat est tout simplement adorable, nous nous sommes bien trouvés.

Je me prépare une salade composée, m'installe sur mon canapé, Plume à mes côtés. Je mange sans grand appétit, ni grande conviction, mais il faut bien se nourrir.

Je ressasse encore et encore la scène avec mes parents et Drew, cette boule de colère qui m'enserre les tripes ne disparaît pas, j'ai tellement mal… Je n'en reviens pas que les choses aient pu en arriver là, que mon père puisse me rejeter avec tant de violence, qu'il ne croit pas sa propre fille…

Je le revois encore, cet air de dégoût sur le visage, et maman qui n'a fait que me regarder l'air désolé. Mes poings se serrent sur mes cuisses, tant de colère face à cette injustice. Sans compter Drew, qui s'est contenté d'assister à la scène, fuyant mon contact visuel, donnant ainsi raison aux accusations de Clay.

Un matin, quelques jours après mon arrivée, alors que je recommence à reprendre un peu d'entrain, ma sonnerie retentit. Je suis toujours dans mon lit, au chaud avec ma petite boule de poil, et grimace.

Au départ, je décide de ne pas me lever, pensant à une erreur, étant donné que je ne connais personne. Seulement l'inconnu n'a pas l'air prêt à partir. Ça sonne encore, ça frappe à la porte, alors je me décide à aller ouvrir.

C'est en traînant les pieds, vêtue de mon peignoir, les cheveux en bataille, les yeux cernés, et tenant Plume dans mes bras que je vais ouvrir la porte.

Stupeur ! Drew !

Il a l'air épuisé, lessivé, pas rasé, pas très propre, des épis dans les cheveux et les vêtements froissés. Je me demande bien ce qu'il fait ici, face à moi, à une heure si matinale. Et j'ai bizarrement une impression de déjà vu, lui et moi, séparés par une porte, stupéfiés.

— Bonjour Soni, me lance-t-il.

— Salut, qu'est-ce que tu fous là ?

— Je t'ai loupée lors de ton départ, il m'a fallu attendre le prochain vol, de peur de le rater lui aussi, je ne suis pas rentré, d'où mon odeur…

Il me sourit à ces mots, mais je n'ai pas vraiment le cœur à me réjouir de sa venue. Il m'a rejetée, abandonnée, trahie et il pense pouvoir débarquer ici et que je l'accueillerais les bras ouverts ? Il rêve !

— Je m'en tape, je te demande ce que tu fais là, ta vie ne m'intéresse plus, je lui réponds froidement.

— Je peux rentrer, me demande-t-il, gêné.

Je soupire, balance le pour et le contre, et finis par avoir pitié de lui. Je ne vais quand même pas lui claquer la porte au nez après le voyage qu'il a fait, je suis quand même civilisée.

— Pas longtemps, je dois me préparer. Je suis attendue par des amis, lui dis-je.

J'ai un peu honte de lui mentir, mais je devais bien trouver un prétexte, m'inventer une vie, lui faire croire que je ne vais pas aussi mal que ça.

Drew pénètre dans mon chez-moi, scrute l'ensemble, puis finit par me faire face. Je lui demande s'il veut un café, il hoche la tête avec un petit sourire. Je vais nous servir et lui prie de s'asseoir.

Je dépose les tasses devant nous, c'est alors qu'il commence à me raconter la raison de sa venue, sa discussion avec John, et ce qu'il s'est réellement passé avec Lana.

Je ne dis mot, je suis encore plus énervée que lorsqu'il doutait de moi. Le voir ainsi bouillir dans son jus, sachant qu'il aurait dû me faire confiance, me blesse encore plus. Même s'il a morflé de toute cette histoire, au final, c'est moi qui me retrouve de l'autre côté de l'océan, complètement seule.

J'ai beau être rancunière, comment lui en vouloir ? Depuis le début, Lana le manipule et elle est vraiment douée à ce jeu-là... Ce n'est pas de la pitié, c'est de la compassion.

Puis, je dois admettre que le voir ici, dans une ville qui me fait terriblement peur, qui est bien trop grande pour moi me rassure. Je ne lui ferais pas le plaisir de lui dire, mais j'apprécie sa venue et sa compagnie. Un visage familier au milieu de l'inconnu m'apaise quelque peu.

Je reste cependant sans voix, je ne trouve rien à dire en réponse à ses aveux. Je dois encaisser les révélations. Toutes ces émotions qui se bousculent en moi.

Il me demande s'il peut rester quelques jours, et il est évident pour moi que je ne peux le lui refuser après tous ces kilomètres qu'il a faits pour moi.

Nous passons le reste de la journée à discuter de tout et de rien, évitant les sujets fâcheux, évitant de parler de mon père. De lui-même, il s'installe sur le canapé pour la nuit. Je vois Plume se coller à lui, ronronner se frottant à lui. Drew est adopté par ce petit animal esseulé, ce qui a le don de me faire sourire.

J'abandonne Drew en fin de soirée, j'ai besoin de me remettre de toute cette histoire aussi incroyable que sordide. Allongée dans mon lit, les yeux grands ouverts, je fixe le plafond, et pense à tout ce que je viens d'apprendre.

Je n'ai qu'une envie, c'est de prendre mon téléphone pour appeler mon père, mais je tiens bon. Il est hors de question que je fasse le premier pas, sachant qu'il a été le premier à douter de moi. Et pire je ne comprends pas pourquoi lui, mon géniteur, n'est pas venu en personne pour s'excuser. Papa a toujours eu cette putain de fierté mal placée, qui m'a toujours exaspérée, mais que dire ? À son âge, je ne le changerai plus. Il me faut prendre mon mal en patience…

Deux jours ont passé, dans le calme et un silence omniprésent, seuls quelques échanges de courte durée entre nous, histoire de se parler. Mais ce soir, l'atmosphère est autre, je sens son regard intense peser sur moi. À peine je tourne la tête vers lui, que lui-même regarde ailleurs. Je souris alors, comprenant que la situation s'adoucit entre nous, et qu'il nous est finalement impossible de nous résister.

Cependant, le rituel des non-dits et du coucher ne change pas. Sauf que ce soir-là, j'ai oublié de fermer ma porte de chambre et que Plume a décidé de jouer les cupidons.

Je l'entends miauler et gratter le bas de celle-ci. Je l'appelle, l'attire, pensant qu'elle m'écouterait et viendrait se coucher. Tête de mule qu'elle est, j'ai dû me lever.

Je la retrouve lovée sur le ventre de Drew, mode ronrons activé. Drew est torse nu avec un bas de pyjama, affalé sur le sofa, somnolent, les yeux mi-clos. Je lui explique que je suis là pour le chat. Il se redresse, alors que je me penche pour l'attraper. Seulement, voilà que la bretelle de ma nuisette tombe et laisse percevoir ma poitrine.

Voyant mes joues s'empourprer, Drew rigole, je demeure sérieuse en commençant par froncer les sourcils, mais ne peux me retenir plus longtemps et ris à mon tour.

— Je suis sincèrement désolé, Soni, pour tout… J'aurais dû réagir avant… me dit-il, peiné.

— Hum… soufflé-je en m'asseyant sur ses cuisses.

Je le devine vraiment blessé, affecté par ce qu'il nous est arrivé, par ce que notre relation est devenue. Et même si une part de moi crie victoire face à ce pas qu'il fait vers moi, une autre souhaite le voir mariner encore un peu.

Je sais que son égo va en prendre un coup, que ça lui demande de ranger sa fierté, mais après ce que j'ai vécu, j'ai besoin qu'il me prouve que ce ne sont pas des paroles en l'air.

— Soni… J'aimerais repartir de zéro avec toi. Je sais que tu ne veux pas, que tu es en colère et je le comprends, mais cela, je n'ai pas eu le temps de te le dire et demain je pars. Je voulais que tu le saches avant mon départ.

Mon cœur se brise une fois de plus. Je sais qu'il reprend l'avion demain, mais n'en avais pas vraiment conscience. La réalité nous rattrape, une fois de plus, et le coup nous heurte de plein fouet.

Je dois passer à autre chose, je dois lui pardonner. Je comprends qu'il s'est fait avoir, alors je dois pouvoir tout effacer de ma mémoire. En tout cas, je veux essayer.

Puis, je le sais, c'est l'homme de ma vie. La boule au ventre que j'ai quand il me sourit, les décharges qui parcourent mon corps à son toucher, les *loopings* de mon cœur dans ma poitrine lorsqu'il prononce mon nom. C'est une évidence, c'est inéluctable, et ça l'a toujours été.

Je m'approche de lui et dépose mes lèvres sur les siennes. C'est un baiser doux, tendre, un baiser de pardon, de soulagement, d'abandon.

Je lui prends la main et le tire jusqu'à ma chambre. Je veux nous retrouver, je veux retrouver ce lien qui nous unissait, cette alchimie qu'il y avait entre nous. Il est temps.

Chapitre 22

Drew

Après une longue discussion avec Soni tous les deux enlacés dans son lit, nous avons pris la décision de nous donner une seconde chance. Quels que soient les problèmes à venir, la différence d'âge et surtout ce qui s'est passé.

Je ne pensais vraiment pas qu'elle me pardonnerait comme ça, mais je pense que ce qui m'a sauvé, c'est qu'elle a compris la manipulation de Lana.

Elle a toujours gardé foi en moi, malgré le mal que je lui avais fait, et moi, je n'ai pas réussi. Parfois, je pense ne pas la mériter, qu'elle est trop bien pour moi. Mais je ne peux rester éloigné d'elle, sinon je manque d'air, elle est mon oxygène.

Je repars le cœur lourd et chargé d'émotions en direction de Bordeaux. Chaque minute parcourue me séparant un peu plus de Soni me terrorise. J'aurais tout donné pour rester avec elle, mais le travail m'attend.

J'ai déjà abandonné toute l'équipe plus de quatre jours, alors qu'on se remettait à peine de la déception de ne pas pouvoir participer à la *Fashion Week*.

Je n'ai pas eu d'autres nouvelles de Clay, je ne sais pas comment il vit la chose, si Lana a été sanctionnée pour ses actes, s'il va pardonner à Soni. Tout ce que je sais, c'est qu'elle ne veut pas entendre parler de son père et qu'il ne lui a, pour l'instant, pas donné signe de vie.

Le trajet de retour me paraît interminable. Dans l'avion tout est silencieux, je me repasse en boucle ces deux jours en compagnie de Soni. Elle m'a pardonné, on repart de zéro, je sais pourtant qu'elle appréhende. C'est normal après ce qu'elle a vécu.

Et puis, maintenant, ce n'est pas une femme qui nous sépare, mais un immense océan, des milliers de kilomètres. Encore une fois, rien n'est simple et il nous faudra du courage pour affronter ce qui nous attend, la distance, la séparation, la solitude...

Je rentre chez moi, juste le temps de me doucher, me raser et me changer, puis file à l'atelier. Il règne un calme religieux, les employés ont tous l'air concentrés, on pourrait entendre une mouche voler.

Je ne sais pas ce qu'il s'est passé après mon départ, mais je ne vois pas Lana. Je rejoins Clay dans son bureau sans attendre et lui demande s'il l'a virée.

— Oui, elle a été renvoyée sur-le-champ, m'annonce-t-il.

Il continue en disant être très en colère après moi, sur le coup je ne comprends pas, mais il explique que, d'après lui, j'aurais dû m'assurer des faits avant d'accuser sa fille.

Alors ça, c'est la meilleure ! Je viens de me taper plus de seize heures de vol aller-retour pour m'excuser en personne, et je suis encore le coupable ?

— Excuse-moi, Clay, mais là, sans te manquer de respect, tu vas un peu trop loin à mon goût. Il me semble t'avoir dit que la collection était en lambeaux. Je n'ai fait que te rapporter ce que John m'avait dit, mais je n'ai jamais accusé Soni, lui dis-je en colère.

— Oh monsieur Parfait ! rit-il, tu n'as quand même pas pris la défense de ma fille, que je sache ? s'exclame-t-il.

Je ne le reconnais plus. Je n'ai jamais vu Clay réagir de la sorte. OK, il est déçu d'avoir vu son rêve partir en fumée, mais nous le sommes tous, nous avons tous travaillé comme des bêtes pour ça !

Et puis, lui aussi a accusé sa fille sans chercher à comprendre. Il n'a même pas essayé de la croire, ni de la défendre. Il l'a tout simplement virée comme une inconnue.

— Et alors ? C'est ta fille à toi ! C'était à toi en priorité de ne pas douter d'elle !

— Ne me dis pas comment je dois agir avec ma propre fille !

Je sors de mes gonds, je deviens fou en entendant Clay me dire ça. Il n'a pas tort, mais me rejeter son manque de bon sens et de confiance envers sa fille sur moi, ce n'est pas juste, et surtout blessant. Je suis furieux !

— Moi au moins je suis allé la voir pour lui demander pardon, et toi ? L'as-tu seulement appelée, Clay ?

— Sors de mon bureau ! Sors ! me hurle-t-il.

Je ne demande pas mon reste et pars sur-le-champ. Quand je sors du bureau, tous les regards sont braqués sur moi. Je dévisage les employés d'un air mauvais. Ils se dépêchent tous de retourner vaquer à leurs occupations.

Je m'enferme dans mon bureau, je ne veux voir personne, juste qu'on me fiche la paix, merde à la fin !

Je suis hors de moi. Je n'ai qu'une envie, c'est de partir pour rejoindre Soni et ne plus revenir ici. Je sens que le temps va me paraître terriblement long jusqu'à vendredi prochain.

Je pose ce jour de repos, Clay n'aura rien à me dire. Il ne veut pas qu'elle revienne, et bien moi j'irai. Dire que cela fait des mois que je combats mes propres émotions pour ne pas tarir notre relation, j'ai failli perdre la femme que j'aime pour ça ? Quel con !

Je compte les jours, l'attente me paraît interminable, les heures au boulot passent bien trop lentement, surtout avec la tension qu'il y a entre Clay et moi. Toute l'ambiance générale s'en ressent, c'est à la limite du supportable.

Heureusement, nous nous parlons de longues heures par téléphone ou webcam avec Soni, le soir quand je rentre chez moi et qu'elle-même rentre de son stage.

Nous refaisons connaissance comme si nous étions deux inconnus. Ça marche plutôt bien, malgré le fait que la frustration et le manque ne soient pas toujours simples à gérer, nous faisons face, nous tenons bon.

Elle me raconte que son stage se passe bien, me détaille ses journées, ce qu'elle fait. Niveau apprentissage, elle s'en sort bien, mais avec les collègues, ce n'est pas trop ça. La barrière de la langue n'est pas simple, alors le soir elle prend des cours en ligne. Elle en veut, elle n'a pas le choix, malheureusement.

Je vois qu'elle est fatiguée, des cernes sont apparus sous ses yeux, son visage s'est creusé. Au-delà de la fatigue physique, l'éloignement forcé, l'isolement, l'absence de nouvelles de son père doivent lui peser énormément, du haut de ses presque dix-huit ans. Alors, je ne lui parle pas de son père, elle non plus, tout ce que je sais, c'est que parfois sa mère l'appelle, mais d'un caractère toujours effacé, n'arrivant pas à convaincre son mari de s'excuser auprès de leur fille.

Soni en souffre, elle ne veut pas plier et appeler la première, et ce n'est pas moi qui l'y encouragerais ! Elle est forte, elle s'accroche, Clay doit reconnaître ses torts, ravaler sa fierté et ramener sa fille auprès de lui. Le fera-t-il ? Quand ?

En attendant, nous essayons de parler de choses plus légères, de notre passion commune, de banalités. Tout sauf ce qui pourrait à l'un ou à l'autre nous plomber le moral.

Je tiendrai bon et je la soutiendrai autant que je peux, parce que, oui, je l'aime.

Chapitre 23

Soni

Je m'ennuie dans cette ville, je ne me suis fait aucun ami, ne cherche pas à en avoir d'ailleurs, je reste dans mon coin. Je me contente d'aller à mon stage, de faire ce que j'ai à faire et de rentrer.

Je traîne mon âme en peine, Drew me manque à en crever, je compte les jours qui nous séparent, les heures, les minutes. Et quand il est là, le temps passe à une allure folle. Je m'arrange pour faire les courses avant, ainsi nous ne sortons jamais, nous sommes seuls et heureux. Nous profitons de chaque instant passé ensemble comme si c'était les derniers.

Il est devenu mon point d'ancrage, ce à quoi je me raccroche quand j'ai envie de baisser les bras et d'abandonner. L'idée m'a traversé plusieurs fois l'esprit. Après tout, pourquoi faire l'effort de répondre aux exigences d'un père qui s'en fout ?

Nous évitons le sujet avec Drew. Je sais qu'il s'inquiète, mais je ne veux pas accorder d'importance à ce père qui m'a déçue, blessée, rejetée.

Papa ne m'a d'ailleurs toujours pas contactée, je regarde désespérément mon portable et mes mails, mais rien ne vient. Heureusement, maman est plus présente, mais toujours dans l'ombre.

Je rentre de mon stage, quand justement elle m'appelle. Je décroche, contente d'avoir de ses nouvelles.

— Bonjour, ma chérie, comment tu vas ?

— Ça va maman, j'arrive chez moi, on sera tranquilles pour parler.

J'ouvre la porte de mon appartement à cet instant, pose mon sac et mes clefs, et m'effondre dans le canapé. Plume me saute sur le ventre, je la câline et souris.

— Je voulais te dire que je viens te voir demain, j'espère que ça te fait plaisir !

— C'est super ça, avec joie maman. Ça va me faire du bien de te voir !

Je raccroche, et me dépêche d'aller faire une toilette rapide, Drew devrait appeler d'un instant à l'autre.

A peine sortie de la douche, ayant enfilé une petite robe et mis un maquillage léger, que mon ordi sonne déjà.

Je me précipite pour décrocher, je suis si heureuse qu'il soit là, je partage immédiatement la bonne nouvelle avec lui.

— Je suis si content pour toi, Soni, ta maman fait enfin l'effort de venir, me dit Drew en souriant.

— Peut-être que papa sera aussi là, je lance, avec un peu d'espoir.

Drew ne répond pas, il détourne le regard, mal à l'aise. Je comprends alors que j'espère en vain. Je n'insiste pas, je sais qu'il ne veut plus parler de lui. Le sujet reste tabou, plus pour moi, mais encore pour lui.

J'attends maman à l'aéroport. Sautillant d'un pied à l'autre, je guette l'arrivée des voyageurs.

La voilà enfin. Elle apparaît au milieu de la foule, un peu perdue par toute l'agitation, je sais ce que c'est, j'ai vécu exactement la même chose il y a un peu plus d'un mois.

Nous nous précipitons dans les bras l'une de l'autre. Je suis si émue, je pleure à chaudes larmes, ma mère, n'y tenant plus, craque aussi. Que ça fait du bien de la serrer contre moi, de respirer son odeur, elle m'avait tant manqué !

Bras dessus, bras dessous, nous partons chez moi. Je vois ma mère déglutir face à cet appartement bien trop grand pour moi quand nous y entrons. Elle fait le tour du propriétaire, voit que je n'ai pas totalement vidé mes valises, que je n'ai rien décoré, que c'est fade. Elle s'apprête à me faire la remarque, puis aperçoit Plume, qui vient jusqu'à nous avec entrain, alors elle se ravise et se tait.

— Comment va papa ?

Je tente la question, comme Drew n'a rien voulu dire, et même si je suis toujours en colère, c'est mon père, il me manque malgré tout.

— Oh, tu sais, ton père... me dit-elle.

Je comprends alors que papa ne fera rien, peut-être plus jamais rien. Je n'insiste pas, j'en ai assez, tout cela me fatigue. Je prends à ce moment-là la décision de ne plus me prendre la tête, que viendra qui voudra et basta !

Maman ne reste que deux jours, mais je sais qu'il va falloir la jouer discrète avec Drew au téléphone, le temps qu'elle sera là. Il le comprend parfaitement et ne m'en tient pas rigueur, il est adorable.

Je profite de ma mère comme jamais, nous rions ensemble et pleurons devant des films à l'eau de rose en nous goinfrant de *Marshmallows*. Ça fait du bien de la retrouver, de partager à nouveau des moments mère-fille comme ça. Elle m'avait tellement manqué.

Nous avons fait un après-midi boutiques, entre essayages sexy et loufoques en tous genres, et j'ai profité de sa venue pour une grande balade dans *Central Park*.

Après deux jours qui sont passés bien trop rapidement, son départ approche, elle remballe ses affaires. Elle range dans sa valise ses achats de la veille. Nous nous prenons un fou-rire en essayant tant bien que mal de la fermer. Nous buvons un dernier café et nous voici parties.

J'ai le cœur en morceaux, quand le moment des au revoir se présente, une boule à l'estomac me bloque la respiration. Je me retrouve encore toute seule, perdue dans une ville que je ne connais pas, dans un appartement impersonnel et froid.

J'étouffe un sanglot, un nœud dans ma gorge se forme. Je suis lassée de jouer les filles fortes en permanence, de devoir affronter ça isolée des gens qui me sont proches.

J'ai fini par répondre à Margaux, je lui ai expliqué la situation. Elle était atterrée que papa réagisse de la sorte. Elle a pesté un long moment à l'autre bout du combiné et a réussi à m'arracher un sourire. Nous avons ensuite parlé de tout et de rien, mais entre les cours, mon stage, les appels avec Drew, il ne nous reste plus beaucoup de temps pour se parler. Malgré tout, je suis soulagée de savoir que, même à l'autre bout de la terre, Margaux reste fidèle à elle-même, et surtout reste mon amie.

Je n'ai pas la force de regarder l'avion décoller, synonyme de solitude. Je tourne les talons et me dirige vers un taxi, dans lequel je m'engouffre sans attendre. Je dois patienter trois jours avant que Drew me rejoigne, ça me semble être une éternité…

Les vingt minutes de trajet qui me séparent de chez moi, je regarde la fourmilière new-yorkaise s'agiter dans tous les sens. Il y a tellement de monde, c'est effrayant ! Des touristes déboulent de nulle part, ne font attention à rien, sans parler des automobilistes, des fous du volant.

Le taxi manque de renverser un piéton, ne traversant pas sur le passage qu'il faut, il est obligé de tourner le volant violemment vers la droite. Je suis projetée brutalement contre la portière arrière, je vois le poteau électrique se rapprocher de plus en plus. C'est trop tard, le taxi n'a plus le temps de freiner.

Je ferme les yeux et me mets à hurler. La voiture fonce irréversiblement dans cette énorme barre de fer, qui sous le choc, donne un effet de retour. Le taxi se tape sur le côté, et part en tonneaux.

Mon corps est secoué dans tous les sens, ballotté dans cette cage de métal qui roule sur elle-même et finit sa course sur le capot. Ma tête a tapé partout, je ne ressens plus rien, je ne sens plus mes bras, mes jambes. Un bruit lancinant me perce les tympans, j'ai la sensation que ma tête va exploser.

J'essaie de regarder autour de moi, tout est flou, je ne distingue que des ombres. Un liquide chaud coule sur mon front, je regarde ma main qui est en sang.

Je crois entendre, ou peut-être est-ce mon imagination, des gens qui parlent, puis plus rien, c'est le trou noir, je m'évanouis.

Chapitre 24

Drew

Assis face à Clay pour faire le point sur une future collection, nous discutons de manière animée, lorsque son téléphone sonne.

À peine a-t-il décroché que je le vois dépérir en une fraction de seconde. Je me demande bien ce qu'il a et prends peur aussitôt. Je devine à son visage que quelque chose de dramatique vient de se produire.

Il balbutie quelques mots à l'attention de la personne à l'autre bout du fil. Je ne comprends rien, je perçois juste la terreur dans son regard.

Il raccroche enfin, sa main descend de sa joue avec une lenteur extrême. Je le fixe, mais il est perdu à des lieues d'ici, en état de choc.

Je l'interpelle, encore et encore, et c'est seulement lorsque je hausse le ton au bout de la cinquième fois qu'il réagit. Il m'annonce alors que Soni vient d'avoir un très grave accident de la route, qu'elle est à l'hôpital, dans le coma.

Le sol se dérobe sous moi, je perds pied. Ma Soni !? Je suis choqué, pétrifié. Ce n'est pas possible, ça ne peut être qu'une mauvaise blague, je ne veux pas y croire.

Pourtant, Clay se lève, tel un automate, donne congé à tous les employés, le teint livide. Je le suis, l'estomac retourné, je ne réalise pas.

Nous partons chercher Janice après avoir fermé l'atelier, elle s'effondre dans les bras de son mari à l'annonce de la nouvelle. Elle crie, elle est hystérique, pose des questions sans queue, ni tête et Clay se contente de hocher la tête, sous le choc.

Le temps de prendre trois vêtements et des papiers pour l'hôpital, nous prenons le premier vol en direction de New York. Nous restons tous les trois muets durant tout le voyage. Janice a cessé de hurler et ne fait que pleurer en silence. Clay se retient, mais on voit qu'il peut exploser à n'importe quel moment. Quant à moi, je pleure, je hurle de l'intérieur. J'ai l'impression qu'on vient de m'arracher le cœur à vif, sans anesthésie, et la douleur est insupportable.

Les huit heures de vol nous semblent infinies, sans nouvelles de l'état de Soni. L'angoisse s'installe.

Arrivés à l'hôpital, le médecin nous annonce que le pronostic vital est plus qu'alarmant, que si elle ne se réveille pas dans les vingt-quatre heures, de graves séquelles seront présentes et irréversibles.

Le bilan nous assomme, nous encaissons le coup, tentant de garder espoir. Nous le devons, pour Soni.

Je laisse ses parents seuls auprès d'elle, et pars chercher trois cafés. Clay effondré finit par me rejoindre et me permet d'y aller, une fois les cafés échangés.

Avant de pénétrer dans la chambre, je marque un temps d'arrêt. Je redoute la vision qui va m'être offerte, j'ai peur de ne pas être assez fort pour tenir le coup.

Janice sort à ce moment-là, les yeux rouges et les traits tirés. Elle me fait un faible signe de tête et laisse la porte entrouverte. J'entre alors, et le spectacle que j'ai sous les yeux est pire qu'un coup de couteau dans le cœur.

Voyant Soni branchée de partout, les yeux clos, avec ce son tonitruant des machines qui l'entourent, je suis perdu, confus. Un tube sort de sa gorge et l'aide à respirer. Un énorme bandage lui entoure la tête et cache la moitié de son si beau visage, maintenant défiguré par des hématomes. Une perfusion est branchée à son bras valide, l'autre étant piégé dans un plâtre. Je ne vois pas le reste des dégâts, cachés par la blouse d'hôpital qui lui a été enfilée et les draps qui la recouvrent, d'un côté heureusement.

La voir ainsi me tue, je ne suis qu'un fantôme, je ne suis plus que l'ombre de moi-même. Je caresse délicatement sa joue. Est-ce qu'elle le sent ? Je lui murmure quelques mots, les entend-elle ?

Je lui prends la main, elle est chaude, ce qui me rassure, mais la voir ainsi couchée, inerte me démolit. Je m'installe à ses côtés, je continue de lui parler, de la toucher. Je veux qu'elle sente ma présence, qu'elle refuse de partir pour de bon. Il faut qu'elle se batte !

Janice et Clay ne font que des aller-retour dans la chambre, ils ne restent jamais très longtemps. Janice finit en larmes au bout de quelques minutes, fond dans les bras de Clay, qui la console comme il peut, avant de l'emmener prendre l'air.

Les heures défilent, je perds la notion du temps. J'alterne les périodes de conscience et d'inconscience, l'inquiétude et l'attente me rongent. Les questions reviennent en boucle dans ma tête, c'est une véritable torture. Pourquoi elle ? Comment ?

— Soni, ma douce Soni, je t'en prie, réveille-toi… Je ne peux pas vivre sans toi… Cela fait des mois que, toi et moi, nous nous battons envers et contre tout. J'ai fait des tas d'erreurs. Je t'en prie, ne me quitte pas, je ne le supporterais pas. Je ne veux pas, je ne peux pas vivre sans toi, mon pilier, ma moitié, mon amour, ma femme. Je t'en supplie ne me laisse pas, je ne tiendrais pas.

Je pleure tellement que mes joues me brûlent, j'ai l'impression que ce sont des larmes de feu.

L'infirmière arrive dans la chambre, vérifie les perfusions et les constantes, et avant de sortir se retourne vers moi. Elle m'encourage à lui parler encore et encore, m'assure qu'elle m'entend, que ça ne peut que lui faire du bien.

Je voudrais la croire, mais l'espoir que je garde allumé au fond de moi s'éteint petit à petit. Il n'y a aucun signe d'amélioration, le diagnostic est resté inchangé, et cela fait déjà vingt heures qu'elle est plongée dans le coma.

À peine a-t-elle quitté la pièce que je sens une pression sur mes doigts, infime, quasi imperceptible. Ayant la tête posée sur ses mains, je crois à une hallucination.

Ça recommence. Non, je ne rêve pas, je relève la tête, je la regarde. Quelques secondes passent, mais rien ne se produit. Je me dis que mon imagination me joue des tours, que je suis trop fatigué.

Puis, ses yeux tentent de s'ouvrir, ses paupières remuent, ses cils bougent, et mon cœur se remet à battre. Ma Soni se réveille, elle s'est battue, elle est revenue. Les émotions me submergent, je ne sais plus où donner de la tête.

La panique et la joie s'emmêlent, j'appelle un médecin en hurlant !

Tout le monde accourt, le médecin, les infirmières, Clay et Janice. Tout le monde joue des coudes pour être le premier. Et moi, je suis fou, fou de joie et d'amour pour cette femme qui m'est revenue.

Une fois l'auscultation terminée, on nous permet de revenir dans la chambre auprès de Soni. Elle est encore faible, nous ne devons pas la brusquer, même si l'envie de la prendre dans nos bras nous dévore.

Clay s'effondre contre Soni, sans un mot. Il s'excuse, et sans un mot, elle pardonne. Ils partagent un moment d'amour, cet amour qui leur a cruellement manqué à tous les deux durant ces deux longs mois de séparation.

Janice à ses côtés craque de plus belle. Elle tient la main de sa fille, comme si elle tenait l'objet le plus précieux du monde, avec la douceur et la tendresse propres à une mère.

Au bout de quelques minutes d'effusion de sentiments, ils s'écartent, souriants, soulagés, et me laissent la place.

Quand enfin, je m'approche d'elle, je ne me pose plus de questions, je me penche et l'embrasse avec tout mon amour, comme jamais.

De ses grands yeux, elle me scrute, comme si elle venait de voir un revenant, mais c'est bien moi. Je me fous de ce qu'ils diront, eux, ou qui que ce soit d'autre. Je l'aime, j'ai failli la perdre, une fois, puis là définitivement, j'ai compris la leçon. Je ne me cacherai plus. Je l'aime, je veux que tout le monde le sache et c'est fait !

Soni reprend vite des forces. C'est une battante, elle est courageuse. Même si la douleur est présente, elle sourit, elle partage des moments avec nous à son chevet.

Clay a enfin mis sa fierté de côté et présenté ses excuses à sa fille. Ils ont eu une longue discussion, qui je pense, leur a fait du bien à tous les deux.

Ce que l'on redoutait tant, que notre amour soit rejeté, mal vu par ses parents, a été accepté sans problème. Au contraire, ils n'attendaient que ça. Clay m'a gratifié d'un « c'est pas trop tôt », tandis que Janice m'a donné sa bénédiction en me priant de prendre soin de sa fille.

Nous sommes soulagés et heureux, de pouvoir enfin vivre notre amour au grand jour, sans obstacle, sans problème, et le faire partager à notre entourage.

J'ai pu me réconcilier également avec Clay. Nous avons mis les choses à plat, reconnu nos torts, et expliqué nos points de vue. Même si je ne suis pas prêt à oublier ses paroles, qu'il me faudra du temps, nous devons nous pardonner pour avancer. Il en va du bien de l'entreprise et de nos relations personnelles.

Après quelques semaines de convalescence, Soni s'en sort plutôt bien. Clay et Janice sont repartis une semaine après l'accident, le travail les rappelait à l'ordre.

Je suis resté auprès de Soni. Je veux être son soutien, son pilier. Je veux lui prouver que je ne faillirai pas cette fois-ci, que je suis bel et bien là.

Elle avait plusieurs fractures, dont certaines se sont vite résorbées et d'autres encore présentes. Sa commotion cérébrale se résorbe bien, selon les médecins. Elle semble avoir récupéré toutes ses capacités.

Elle suit ses séances de kiné avec assiduité. Parfois elle revient dans la chambre épuisée, je lui dis qu'elle ne devrait pas tant forcer, mais elle veut rentrer, elle veut aller mieux, alors je l'encourage autant que je peux.

Avec un plâtre au bras et une attelle au genou, elle est enfin autorisée à voyager, après plusieurs semaines. Nous rentrons en France main dans la main, nous voici prêts pour une nouvelle vie, notre vie.

Épilogue

Soni

Ça fait maintenant une semaine que je suis rentrée en France. Tout se passe pour le mieux entre Drew et moi, nous pouvons enfin vivre notre relation de couple sans avoir à nous cacher.

Je n'ai plus qu'une attelle au bras et l'obligation formelle de me reposer et de ne fournir aucun effort les prochaines semaines.

J'ai contacté Margaux deux jours après mon retour. Tous mes amis sont venus me rendre visite un après-midi, prendre de mes nouvelles, etc.

Comme ce sont les vacances, je peux rester à l'atelier à regarder les autres travailler. J'en suis très contente, je continue d'apprendre, de m'émerveiller devant les créations qui prennent vie, du papier au mannequin.

Cela me permet aussi de passer plus de temps avec papa, nous avons besoin de nous retrouver, de recréer cette complicité que nous avions autrefois.

Et bien évidemment, je suis aux côtés de Drew. Il me forme professionnellement, mais nous pouvons également partager des moments plus intimes sans nous cacher, tant que cela n'interfère pas avec le travail.

Il n'y a que lorsque je veux toucher les tissus, lorsque j'essaie d'attraper les rubans, dentelles, perles, et que tout me glisse entre les doigts, que je déteste être ici.

Je n'ai rien dit à personne, je ne voulais pas les alerter, mais les nouvelles concernant mon bras droit ne sont pas bonnes. À New York, ils n'étaient déjà pas très optimistes, et ma consultation de retour en France n'a pas été mieux.

J'ai une perte de sensibilité dans toute la main, en particulier dans les doigts. Je ne sens plus vraiment ce que je touche, ce que j'attrape. Les médecins disent que c'est une séquelle due à mon accident, ils ne savent pas si je retrouverais l'entière capacité de ma main ou si je resterai définitivement comme ça.

En cachette, j'ai commencé à m'entraîner de la main gauche, je ne veux pas arrêter la couture, encore moins attirer la compassion des gens. Je ne veux pas qu'on me prenne en pitié, ni mon père, ni Drew, ni personne.

J'ai toujours rêvé de travailler dans la maison Parks. Je veux être aux côtés de Drew et faire le métier qui me passionne, je ne baisserai pas les bras.

Drew

Depuis que Soni est revenue auprès de nous, de moi, je me sens revivre. J'ai une motivation sans faille au travail, l'inspiration pour créer de nouveaux modèles m'est revenue, je ne me néglige plus, mes employés me font à nouveau confiance.

Avec Clay, les rapports se sont nettement améliorés. Il n'est pas revenu s'excuser une seconde fois, mais je sens un changement d'attitude. Il s'éloigne et me laisse les rênes de l'entreprise sans interférer, me laisse maître de mes décisions. J'ai retrouvé sa pleine confiance, c'est un poids en moins sur mes épaules.

Quand nous sommes seuls avec Soni, nous partageons des moments très tendres, nous nous retrouvons dans un amour serein et doux. J'ai remarqué que quelque chose la tracassait, mais j'attends qu'elle vienne m'en parler d'elle-même. Elle se confiera à moi si elle en a besoin.

Je sors de réunion, j'ai besoin de prendre l'air cinq minutes. Je fais un signe à Soni qui hoche la tête en réponse. Je me dirige vers la porte qui donne sur la cour arrière, inspire profondément l'air une fois dehors.

Mon téléphone sonne. Je le sors de ma poche, l'identité est masquée. J'hésite un moment à ne pas décrocher, mais ma curiosité me pousse à appuyer sur le bouton vert.

J'amène le téléphone à mon oreille, et écoute sans dire un mot qui est à l'autre bout du fil.

— Allo ? Drew ? C'est bien toi ?

Je me fige.

Cette voix.

Non, ce n'est pas possible, pas maintenant.

Mon cerveau carbure, mon sang bouillonne dans mes veines, ma main se crispe sur le smartphone.

— Drew ? Tu me reconnais ?

Aucun doute possible, c'est bien elle. Pourquoi ? Pourquoi réapparaître dans ma vie six ans plus tard ?

— Lindsey…

— Drew ! Tu m'as manqué ! Ça fait plaisir de t'entendre !

— Lindsey, pourquoi maintenant ?

— Je me suis dit que ça faisait longtemps, l'eau a coulé sur les ponts, dit-elle avec entrain.

Je n'y crois pas. Je ne peux pas croire un traître mot de ce qu'elle me dit. On n'appelle pas quelqu'un pour prendre de ses nouvelles au bout de six ans.

— Qu'est-ce que tu veux, Lindsey ?

— De suite, tu penses que je veux quelque chose ! Je n'ai pas le droit de vouloir juste te parler ?

— Rien n'est jamais gratuit avec toi, alors ton numéro, tu le feras à d'autres, je lui lance d'une voix tranchante.

— Tu as raison, cette technique ne marche plus avec toi, répond-elle, lassée.

Je l'entends soupirer, j'attends de savoir ce qu'elle me veut. Finalement, je n'aurais peut-être pas dû décrocher.

— Je voulais te prévenir que tu l'apprennes par moi directement. Je vais travailler en tant que mannequin pour la maison Parks.

— Quoi ? C'est une blague ?

— Pas du tout. J'ai signé mon contrat hier, et je déménage en France dans deux semaines.

— Pourquoi Lindsey ?

— Eh bien, j'ai appris il y a quelque temps que tu allais reprendre les rênes de la maison Parks en France. Je me suis dit que c'était l'occasion de reprendre contact avec toi, et de retravailler ensemble comme au bon vieux temps, si tu vois ce que je veux dire.

Elle se met à rire, je sens le vice dans sa voix. Non, elle ne peut pas revenir juste pour travailler avec moi et je le sais. Elle vient détruire ma vie, exactement comme il y a six ans, elle vient pour me démolir, pour m'enlever tout morceau de bonheur que j'aurais construit.

— Alors, je te dis à très vite, Drew. Je sens qu'on va bien s'amuser, dit-elle d'une voix lascive, avant de raccrocher.

Je reste immobile, le bip du téléphone résonne dans mon oreille. Je n'arrive pas à y croire, c'est impossible.

La porte claque, je sursaute et me retourne. Soni est en face de moi, me questionne du regard.

Mon ex revient se venger, c'est ce que j'ai envie de dire. Mais rien ne sort. Je souris, range mon téléphone, et retourne travailler en oubliant toute cette histoire.

Vous avez aimé votre lecture ?
Découvrez les autres romans des éditions So Romance
disponibles en format papier et numérique.

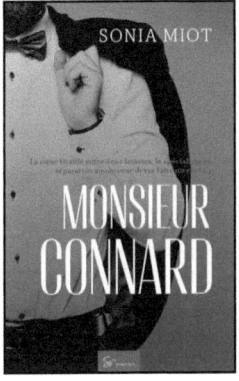

Monsieur Connard
Corentin Connard est spécialiste en séparation amoureuse. Ce jeune patron passe ses journées à briser des couples et ses soirées devant sa console de jeux. Fan incontesté de jeux vidéo, il joue avec la dénommée Éphémère2. Seulement, le jour où sa meilleure employée décide de remuer son quotidien morose, rien ne va plus. Le cœur tiraillé entre les deux femmes, Corentin devra faire un choix. Et si le destin en avait décidé autrement ?

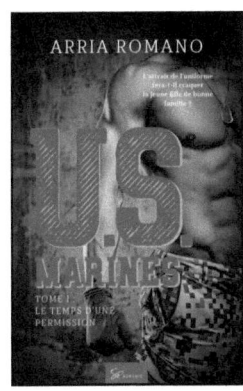

U.S. Marines
Tome 1 : Le Temps d'une permission
Livia décide de quitter Londres et ses mondanités pour vivre l'aventure en Caroline du Sud, à Beaufort. Pour la blonde sophistiquée et citadine, c'est le dépaysement total et la quête frénétique de la nouveauté. Le séjour américain devient une passionnante odyssée le soir où elle fait la rencontre fortuite de Hudson Rowe, un impétueux capitaine au regard de jade, en permission d'un mois avant le retour au front…

Pour en savoir plus
www.soromance.com